Enid Blyton

Fünf Freunde 2

W0309226

cbj

Foto: © cbj, München

DIE AUTORIN

Enid Blyton, 1897 in London geboren, begann im Alter von 14 Jahren Gedichte zu schreiben. Bis zu ihrem Tod im Jahre 1968 verfasste sie über 700 Bücher und mehr als 10 000 Kurzgeschichten. Bis heute gehört Enid Blyton zu den meistgelesenen Kinderbuchautoren der Welt. Ihre Bücher wurden in über 40 Sprachen übersetzt.

Von Enid Blyton ist bei cbj
folgende Serie erschienen:
»Fünf Freunde« (70 Bände)
»Fünf Freunde –
Das Buch zum Film« (22533)
»Fünf Freunde 3 –
Das Buch zum Film« (15797)
»Fünf Freunde 4 –
Das Buch zum Film« (17121)

Enid Blyton

Fünf Freunde 2

Nach einem Drehbuch
von Sebastian Wehlings und Peer Klehmet
basierend auf der gleichnamigen Buchreihe
von Enid Blyton

Geschrieben von Sarah Bosse

cbj

cbj
Kinder- und Jugendbuchverlag
in der Verlagsgruppe Random House

MIX
Papier aus verantwortungsvollen Quellen
FSC® C014496
FSC
www.fsc.org

Verlagsgruppe Random House FSC® N001967
Das für dieses Buch verwendete FSC®-zertifizierte
Papier *Pamo House* liefert Arctic Paper
Mochenwangen GmbH.

1. Auflage
Erstmals als cbj Taschenbuch Mai 2015
© 2013 cbj Kinder- und Jugendbuchverlag
in der Verlagsgruppe Random House, München
Alle deutschsprachigen Rechte vorbehalten
Enid Blytons Unterschrift und Fünf Freunde
sind eingetragene Warenzeichen von Hodder and Stoughton Ltd.
© 2013 Hodder and Stoughton Ltd.
All rights reserved.
Fünf Freunde Film © 2013 SamFilm GmbH/
Constantin Film Produktion GmbH
Basierend auf dem Drehbuch von Sebastian Wehlings und Peer Klehmet
nach der gleichnamigen Buchreihe von Enid Blyton.
Geschrieben von Sarah Bosse.
Fotos (Bernd Spauke) & Artwork mit freundlicher Genehmigung von
Constantin Film Verleih GmbH/SamFilm/Alias Entertainment
Umschlaggestaltung: basic-book-design, Karl Müller-Bussdorf
SaS · Herstellung: ReD
Satz und Reproduktion: Uhl + Massopust, Aalen
Druck: GGP Media GmbH, Pößneck
ISBN 978-3-570-22533-2
Printed in Germany

www.fuenf-freunde.com
www.cbj-verlag.de

CONSTANTIN FILM präsentiert eine SAMFILM Produktion in Co-Produktion mit CONSTANTIN FILM PRODUKTION „FÜNF FREUNDE 2" nach der Buchreihe „Fünf Freunde" von ENID BLYTON VALERIA EISENBART QUIRIN OETTL JUSTUS SCHLINGENSIEPEN NEELE MARIE NICKEL KRISTO FERKIC PETER LOHMEYER
OLIVER KORITTKE STEFAN KONARSKE und als Gäste HEIO VON STETTEN und ANATOLE TAUBMAN Casting STEFANY POHLMANN Maske DOROTHEA GOLDFUSS SABINE FINGER Kostüme SILKE FABER Produktionsleiter CHRISTIAN HELD Line Producer KARLHEINZ GANZER
Originalton ECKHARD KUCHENBECKER Sound Design WAVEFRONT STUDIOS Mischung TSCHANGIS CHAHROKH Filmmusik WOLFRAM DE MARCO Schnitt TOBIAS HAAS Szenenbild MANFRED DÖRING Bildgestaltung BERNHARD JASPER
Executive Producers CLIFFORD WERBER KAREN LAWLER Co-Producer MARTIN MOSZKOWICZ Drehbuch PEER KLEHMET SEBASTIAN WEHLINGS Produzenten ANDREAS ULMKE-SMEATON EWA KARLSTRÖM Regie MIKE MARZUK

Gefördert durch FFF Bayern FFA Deutscher Filmförderfonds
SAMFILM ALIASENTERTAINMENT DOLBY DIGITAL /5FREUNDE FUENF-FREUNDE.COM Buch zum Film erschienen bei cbj Hörspiel erschienen bei EUROPA Constantin Film

Einst vor langer Zeit …

Die Angst stand dem Tempelhüter ins Gesicht geschrieben, als er durch den Gang hetzte, so schnell ihn seine Füße trugen. Die Kutte schlug ihm um die Beine und die kargen Wände warfen den Hall seiner Schritte zurück. Während er sich immer wieder umblickte, dachte er nur eins: schneller, schneller!

Kaum hatte er den Treppenaufgang erreicht, der ihn zum Allerheiligsten bringen würde, da hörte er auch schon ihre Schritte. Die Männer waren ihm dicht auf den Fersen!

Voller Panik eilte der Tempelhüter die Treppe hinauf, wobei er beinahe ins Straucheln geriet. Das Blut pochte ihm in den Schläfen, seine Beine begannen zu zittern. Erst als er die große Marmorstatue in der Mitte der weitläufigen Halle erreicht hatte und vor ihr auf die Knie fiel, beruhigte sich sein Herzschlag wieder. Fest heftete er den Blick auf den faustgroßen Smaragd, den die steinerne Figur in den Händen hielt, und begann zu beten. Dann hielt er inne und horchte.

»Wartet hier unten!«, hörte er die scharfe Stimme des Anführers, Schritte eilten die Treppe herauf, und schon im nächsten Moment wurde er unsanft bei den Schultern gepackt. In einer verzweifelten Geste hob er die Arme und flehte die beiden Männer an: »Bitte! Wir Mathilenen sind ein friedliches Volk! Ihr habt uns doch schon alles genommen …«

»Alles?«, fragte der Anführer spöttisch und blickte mit einem höhnischen Grinsen auf den funkelnden Smaragd.

»Los!«, zischte er seinem Komplizen zu, während neben ihm der Tempelhüter wieder zu zittern begann. »Hol dir das Grüne Auge!«

So gierig waren die Räuber, dass keiner der beiden hörte, wie die Wachposten, die sie unten am Fuße der Treppe postiert hatten, mit zwei gezielten Schlägen zu Boden gingen. Sie bemerkten auch nicht die dunkle Gestalt mit der schwarzen Maske, die leise hinter ihnen in den Raum geschlichen war.

Doch gerade als der Anführer triumphierend den grün schimmernden Stein gegen das Licht hielt, kam ein schwarzer Schatten aus der Dunkelheit herbeigesprungen und schnappte sich den Kristall, ehe der Räuber reagieren konnte.

Geschmeidig wie eine Katze drehte sich der Fremde

zur Seite und begegnete dem plumpen Angriff des zweiten Räubers mit einer eleganten Trittkombination.

Da ließ der Anführer mit einem leisen Klirren sein Schwert aus der Scheide gleiten, um sich im nächsten Augenblick mit erhobener Waffe auf den Mann mit der Maske zu stürzen.

Voller Entsetzen beobachtete der Tempelhüter, wie der Räuber zum tödlichen Schlag ausholte. Laut zischend schnitt das Schwert durch die Luft und sauste auf den Schwarzgekleideten hinab.

Was geht hier bloß vor sich?, dachte der Tempelhüter und schlug die Hände vors Gesicht.

Aber da schaffte es der Katzenmann im letzten Moment, sich zur Seite zu rollen und dem Anführer das Schwert aus der Hand zu schlagen.

Zwischen den Fingern hindurch beobachtete der Tempelhüter, wie die Waffe durch die Luft flog und von dem Katzenmann geschickt aufgefangen wurde. Doch anstatt zum tödlichen Gegenschlag auszuholen, setzte er den Räuber lediglich mit einem gezielten Fausthieb k. o. Mit einem leisen Seufzen glitt der Anführer zu Boden.

Schnell kroch der Tempelhüter rückwärts und kauerte sich hinter einer Säule zusammen, doch nicht schnell genug. Der schwarz gekleidete Unbekannte machte einen Schritt auf ihn zu, aber der erwartete Angriff blieb aus. Stattdessen streckte der Mann ihm den funkelnden Smaragd entgegen und nickte ihm aufmunternd zu!

»Ihr …«, stammelte der Tempelhüter. »Ihr seid kein Dieb?«

»Nein«, antwortete der Mann. »Ich bin hier, um euch zu helfen.«

Der Tempelhüter sah ihn ungläubig an. »Aber … wer seid ihr?«

»Man nennt mich die Schwarze Katze. *« Und wie um seine Worte zu bestätigen, wehrte er mit einer einzigen fließenden Bewegung erneut einen der Räuber ab, der sich inzwischen wieder aufgerappelt hatte und einen weiteren Angriffsversuch wagte.*

Und endlich wusste der Tempelhüter, was er zu tun hatte.

»Der Stein ist hier nicht mehr sicher«, flüsterte er mit bebender Stimme, den Blick fest auf den Räuber gerichtet, der nun wieder bewusstlos zu Boden gesunken war. Mit zitternden Fingern legte er den grünen Smaragd zurück in die Hand der Schwarzen Katze. »Bitte, versteckt ihn für uns und bringt ihn wieder, wenn die Zeit dafür gekommen ist.«

Ehrfürchtig zog die Schwarze Katze die Faust an die Brust und sah den Tempelhüter ernst an. »Ich gebe euch mein Ehrenwort.«

Da entdeckte der Tempelhüter auf dem Steinboden den schwarzen Lederhandschuh mit eingeprägtem Katzengesicht. Er bückte sich danach. »Oh, das müsst ihr wohl im Kampf verloren haben …«

Doch als er sich aufrichtete, um der Schwarzen Katze

den Handschuh zurückzugeben, war sie bereits verschwunden. Genauso lautlos, wie sie aufgetaucht war, hatte das Nichts sie auch schon wieder verschluckt.

Man zählte das Jahr 1587.

Kapitel 1

Ferien! Endlich Ferien! Das bedeutete Sommer, Sonne, Freiheit! Und was für eine Freiheit! Campen war angesagt. Fröhlich und voller Erwartung traten Julian, Dick und George in die Pedale ihrer Räder, die mit allem beladen waren, was man zum Campen brauchte: Zelt, Isomatten, Schlafsäcke, Kochgeschirr und vieles mehr. Nur Anne war das alles nicht so ganz geheuer. Zwar freute auch sie sich, dass sie und ihre Brüder endlich wieder Zeit mit ihrer Cousine George und deren Hund Timmy verbringen durften, aber …

»Das erste Mal ohne Eltern unterwegs«, stellte sie etwas wehmütig fest, während sie den staubigen Feldweg entlangradelten.

»Das ist doch genial!«, rief Dick fröhlich. Er fuhr direkt neben ihr.

Anne verdrehte die Augen. »Ja. Super«, sagte sie mit

gespielter Begeisterung. Sie hatte ja auch mit keinem anderen Kommentar ihres Bruder gerechnet.

George musste schmunzeln. Über so etwas machte sie sich keine Gedanken. Sie selbst unternahm am liebsten alles auf eigene Faust.

Sie ertappte sich dabei, dass sie tatsächlich ein wenig rot wurde, als Julian zu ihr herübersah und sagte: »Ja, und endlich wieder zusammen.«

Mit einem etwas verlegenen Lächeln antwortete sie: »Gibt Schlimmeres.«

Julian erwiderte das Lächeln. Ebenso Anne und Dick, und selbst Timmy, der neben ihnen hertrottete und hechelnd seine Zunge aus dem Maul hängen ließ, sah aus, als ob er lächelte.

Eine Weile fuhren die Freunde schweigend dahin, über glatten Asphalt und knirschenden Kies, vorbei an den Häuserfronten kleiner Dörfer und den raschelnden Ähren auf den Feldern, durch Torbögen und über Brücken. Hier und da winkte ihnen jemand zu, ein Bauer auf einem Acker oder eine alte Frau, die auf ihrer Bank vor dem Haus saß. Das machte gute Laune!

Schließlich erreichten sie ein Waldstück. Hier begann der Boden uneben zu werden, sodass sie sehr langsam fahren mussten. Das Sonnenlicht brach durch die Baumkronen und warf bizarre Schattenspiele auf das Unterholz. Das leise Plätschern kam von einem kleinen Bergbach, den sie kurz darauf erreichten. Eine Brücke aus verwittertem Holz führte sie hinüber.

»Hier steigen wir besser ab«, entschied George. »Es geht jetzt ziemlich bergauf.«

»Wow!« Dick staunte nicht schlecht, als neben ihnen eine imposante Felsformation ihre Spitzen zum Himmel streckte.

»Wartet mal kurz.« Anne griff nach ihrer Wasserflasche und trank gierig. Sie hätte den kleinen Bach leer trinken können, solch einen Durst hatte sie.

Vor ihnen tat sich ein atemberaubender Blick auf.

»Das hier sind übrigens die Gaffensteinfelsen«, erklärte George.

»Gaffensteinfelsen?«, murmelte Dick. »Hm, hab ich noch nie gehört.«

Aber George gab keine weitere Erklärung ab, sondern forderte die anderen auf, wieder auf die Räder zu steigen. »Es ist nicht mehr weit.«

Die Geschwister mussten zugeben, dass dies eine tolle Gegend war, durch die ihre Cousine sie hier lotste. Und als sie schließlich an diesem wunderschönen, von Bäumen und Felsen umsäumten See ankamen, stockte ihnen beinahe der Atem.

»Und? Habe ich zu viel versprochen?« Stolz verschränkte George die Arme vor der Brust.

»Das ist ja Wahnsinn!«, rief Dick anerkennend, woraufhin George die Hände hob, die Finger wie Krallen krümmte und mit rauer Stimme flüsterte: »Willkommen in der Katzenschlucht!«

Das wiederum war Anne jetzt nicht ganz geheuer.

Was hatte dieser Name zu bedeuten? »Katzenschlucht?«, fragte sie ängstlich.

Aber George winkte ab und tat ganz harmlos. »Solange wir auf den Wegen bleiben, kann uns nichts passieren.«

Aber diese Erklärung beruhigte Anne keineswegs. Sie blickte sich skeptisch in alle Richtungen um und spürte, wie ihr eine Gänsehaut die Arme hinaufkroch.

Julian stieß seinem Bruder den Ellenbogen zwischen die Rippen. »Hast du gehört? Das gilt besonders für dich«, meinte er augenzwinkernd. Und damit ließ er Dick stehen und stiefelte entschlossenen Schrittes auf den Platz zu, an dem sie ihr Zelt aufschlagen wollten.

Dick sah George, Anne und Timmy nach, die Julian auf dem Fuße folgten. Er war beleidigt. »Was soll das denn jetzt schon wieder heißen?«, blaffte er. »Denkst du, ich bin blöd, oder was?«

Eigentlich wollte Julian darauf nicht eingehen. Es war ja nur ein Spaß gewesen, aber dann drehte er sich doch zu seinem Bruder um, aber … Dick war verschwunden! »Dick? Dick!«

Erschrocken fuhren nun auch George und Anne herum.

Als Julian seinen Bruder endlich entdeckte, wusste er nicht, ob er sich sorgen oder in schallendes Gelächter ausbrechen sollte. »Da ist er ja!«

Dick steckte bis zur Hüfte in einem Schlammloch fest und konnte sich nicht aus eigener Kraft befreien.

»Oh Mann, Dick!«, sagte Julian, während sie ihm mit vereinten Kräften wieder heraushalfen.

Dick zuckte die Schultern und sah an seinen schlammverschmierten Klamotten hinunter. Die tadelnden Blicke der anderen nervten ihn. »Ist doch nichts passiert.«

Für so viel Unvorsichtigkeit hatten seine Geschwister nur ein Kopfschütteln übrig. Ohne einen weiteren Kommentar drehten sie sich um und machten sich wieder auf den Weg zum Lager.

Nun dauerte es nicht mehr lange und das Zelt war aufgebaut, eingerichtet und ein knisterndes Lagerfeuer entfacht. Auch wenn Dick es den anderen gegenüber nicht zugeben mochte, so war er doch froh, aus seiner nassen und dreckigen Hose steigen und in seine Shorts schlüpfen zu können. Wie die Beine einer Vogelscheuche hing die schmutzige Hose zum Trocknen über einem Seil.

Die Freunde hatten sich unterwegs Würstchen, Maiskolben und Marshmallows besorgt, die sie nun an Stöcken aufgespießt über das Feuer hielten. Georges Mutter, Tante Fanny, durfte davon allerdings nichts wissen, da sie die Kinder und alle anderen Menschen um sich herum am liebsten mit ausgewogener Vollwertkost ernährte. Ihre Kochkünste hatten die Geschmacksnerven der Freunde bereits ein ums andere Mal erheblich auf die Probe gestellt. Und auch der Auflauf, den sie für die Kinder extra fürs Campen zubereitet hatte, war gnadenlos durch den Geruchstest gefallen. Nur Timmy war da offensichtlich anderer Meinung.

»Ihm scheint das Essen von Tante Fanny tatsächlich zu schmecken«, stellte Anne erstaunt fest.

Julian schüttelte verständnislos den Kopf. »Das ist mir wirklich ein Rätsel.« Dann nahm er ein Würstchen und reichte es seinem Bruder, aber Dick wollte es nicht haben.

»Nein, danke, ich habe doch noch …« Er kramte eine Weile in seinem Rucksack und holte schließlich ein in Alufolie gewickeltes Stück Pizza hervor. »… das hier.«

Er öffnete die Folie und schnupperte genüsslich daran.

»Uah!« Anne wedelte angewidert mit der Hand vor der Nase herum. Den Geruch, der von der Pizza aufstieg, fand sie alles andere als appetitlich.

»Was ist denn da drauf?«, fragte George neugierig.

»Thunfisch, Ananas, Ei, Salami, Spinat – und Knoblauch«, erklärte Dick und biss gierig in seine Pizza. »Meine Lieblingskombi«, redete er mit vollem Mund weiter und fragte in die Runde, ob einer mal abbeißen wolle.

Aber selbst George war bei der Aufzählung der Zutaten der Appetit auf Pizza vergangen und sie schüttelte nur schmunzelnd den Kopf. Dick sollte seine Pizza mal schön allein essen.

Eine Weile mampften sie zufrieden vor sich hin.

Was für ein tolles Gefühl war das, hier in der Natur an diesem wunderschönen Ort vor dem Feuer zu sitzen und keine Erwachsenen dabeizuhaben, die einem ständig sagten, was man zu tun oder zu lassen habe.

Plötzlich zuckte Anne zusammen und hätte sich beinahe an einem Stück Mais verschluckt. »Was war das?«

Julian lachte. »Ach, Anne, das war doch nur eine Kröte!«

Jetzt setzte George eine wichtige Miene auf. »Es rankt sich ja eine alte Legende um diese Gegend«, sagte sie.

Das gefiel Anne nun überhaupt nicht. Sie wollte aber nicht schon wieder als Angsthase abgestempelt werden und fragte daher betont gleichgültig: »Und welche Legende ist das?«

»Schon mal was von der Schwarzen Katze gehört?«

Das war Timmys Stichwort. Er konnte Katzen nicht leiden und fand, dass sie unbedingt angeknurrt werden mussten, auch wenn jemand nur das Wort in den Mund nahm.

»Hör auf zu knurren, Timmy!«, rief George amüsiert. »Ich rede doch von keiner richtigen Katze …«

Doch bevor sie noch zu einer weiteren Erklärung ansetzen konnte, wurde sie von Dick unterbrochen: »… sondern von einer Art Robin Hood. Er hat für den Stamm der Mathilenen das Grüne Auge gerettet.«

Anne runzelte die Stirn. »Das Grüne Auge?«

»Das ist der größte Smaragd der Welt!«, rief Dick, als müsste das jeder wissen, und erklärte ihr dann: »Für die Mathilenen ist das Grüne Auge ein Symbol für Frieden und Glück.«

George, die Dicks altkluge Art ziemlich nervig fand,

versuchte, ihn auszubremsen. Immerhin hatte sie mit der Geschichte angefangen. »Äh ja, danke, Dick.«

Doch der ließ sich nicht aufhalten. Wenn sich ihm eine Gelegenheit bot, sein Wissen abzuspulen, dann nutzte er sie auch. »Keine Ursache. Also, seitdem der Stein verschwunden ist, sind die Mathilenen tatsächlich vom Pech verfolgt.«

Das verstand Anne nicht. »Aber warum hat die Schwarze Katze ihnen dann den Edelstein nicht einfach zurückgegeben?«

Darauf wusste allerdings auch Dick keine Antwort.

Schnell nutzte George die Gelegenheit, beugte sich zum Feuer vor und ließ die Flammen tanzende Schatten auf ihr Gesicht werfen. Sie senkte ihre Stimme. »Es wird vermutet, dass die Schwarze Katze das Grüne Auge an einen geheimen Ort gebracht hat und gestorben ist, bevor sie den Mathilenen das Versteck preisgeben konnte.«

Jetzt wollte Julian es genau wissen. »Und was hat das mit dieser Gegend zu tun?«

George tat geheimnisvoll. »Die Schwarze Katze soll hier gelebt haben.«

Julian riss die Augen auf. Das klang spannend! »Heißt das, dass der Stein hier vielleicht noch irgendwo …«

Doch mitten im Satz hielt Julian plötzlich inne. Sie alle hatten es gehört. Ein Knacken! Erschrocken sprangen sie auf und blickten sich um. Timmy bellte.

Julian hatte ihn als Erster entdeckt. Hinter einem Gebüsch stand ein Junge mit einem schwarzen Motorradhelm auf dem Kopf. Julian fragte sich, wie lange er sie wohl schon beobachtet hatte. »Hey, was machst du da?«, rief er mit fester Stimme.

Völlig unbeeindruckt kam der Junge aus seinem Versteck geschlendert, und während er sich der Feuerstelle näherte, nahm er sich den Helm ab und klemmte ihn sich lässig unter den Arm. »Das Gleiche wollte ich euch auch grad fragen«, sagte er dann, anstatt auf die Frage zu antworten. »Seid ihr Landstreicher oder so was?«

Was bildet der sich denn ein?, dachte George und entgegnete patzig: »Sehen wir etwa so aus?«

Die Augen des Jungen wanderten hinüber zu Dick. Und in der Tat, zumindest Dick sah aus, als bräuchte er dringend ein Bad.

Doch dann reichte der Junge Julian die Hand. »Hallo, ich bin Hardy.«

Julian stellte sich und seine Geschwister vor und George deutete auf Timmy. »Das ist Timmy und ich bin George.«

Ein Grinsen legte sich auf Hardys Gesicht, das George im ersten Moment nicht so recht zu deuten wusste. Machte er sich etwa lustig? »George? Du bist doch kein Junge!«

Anne zuckte zusammen. Oh nein, damit hatte er genau Georges wunden Punkt getroffen.

»Ts!« Hardy pfiff durch die Zähne. »Ich heiße ja schließlich auch nicht … Harriette.«

Der hält sich wohl für besonders witzig, dachte George. Aber was der konnte, konnte sie schon lange. »Schade. Würde viel besser zu dir passen.« Und damit kehrte sie zurück ans Feuer, schnappte sich ein Würstchen und starrte beleidigt in die Flammen.

Hardy sah die anderen mit vielsagendem Blick an und verdrehte dann die Augen. »Oha, da ist aber jemand empfindlich.«

Keiner sagte etwas. Der Junge hatte ihnen immer noch nicht erklärt, warum er hier war. Stattdessen fragte er: »Und, was machen wir jetzt?«

Wir? Hatte er tatsächlich *wir* gesagt? Wie sollten sie denn das jetzt verstehen?

»Äh … Was meinst du?«, fragte Julian schließlich.

»Wir könnten zum Beispiel zu mir gehen«, schlug Hardy vor, als sei es das Selbstverständlichste in der Welt. »Ich kann euch ein paar echt abgefahrene Sachen zeigen.«

George war genervt. »Kein Interesse!«, blaffte sie. Sie dachte gar nicht daran, ihren Unmut zu verbergen. »Wir wollen hier zelten.«

»Zelten?«, wiederholte Hardy. »Ihr seid ja Freaks!«

»Wieso?«, fragte Dick. »Was ist daran denn so *freakig*?«

Jetzt zog Hardy sein Smartphone aus der Tasche und sah auf das erleuchtete Display. »Weil es bald ein Mega-Gewitter geben wird«, erklärte er und hob das Phone in die Höhe. »Darum.«

Diese Nachricht fand Anne wenig beruhigend. »Oh ja, echt?«

Aber Julian winkte ab. »Und wenn schon. Wir sind ja nicht aus Zucker, oder?«

Alle, außer Anne, nickten zustimmend. Ein bisschen Regen würde sie schon nicht erschüttern. Wenn er denn überhaupt käme. Das war ja noch gar nicht gesagt.

»Wie dem auch sei.« Hardy zog eine Visitenkarte aus der Tasche und legte sie auf die Kiste, die den Freunden als Campingtisch diente. »Für den Fall, dass ihr es euch anders überlegt. Ich bring mich auf jeden Fall mal in Sicherheit. Morgen schau ich dann wieder vorbei!«

»Oh Mann, bitte nicht«, stöhnte George, während Hardy davonstapfte. Mit spitzen Fingern klaubte sie die Visitenkarte von der Kiste. »Oh, oh, der Herr ist wohl adelig, oder wie versteh ich das?« George tippte auf die Vorderseite der Visitenkarte. »Da ist sogar ein Wappen drauf. Und zwar nicht nur gedruckt, sondern geprägt. Wow. Hardy A. Kent …« George dachte einen kurzen Moment nach. »Komischer Typ, oder?«

Julian zuckte die Schultern. »Schon irgendwie.«

»Aber nett, dass er uns zu sich einlädt«, sagte Anne, die der Gedanke, im Notfall in einem festen Haus Zuflucht suchen zu können, beruhigte.

Jetzt zog auch Dick sein Handy aus der Hosentasche und tippte darauf herum. »Und mit dem Gewitter könnte er leider recht haben.«

Aber davon wollte George nichts wissen. Sie schüttelte heftig den Kopf. »Das zieht vorbei. Dafür brauchst du kein Handy zu befragen.« Sie blickte zum Himmel. »Hundertprozentig zieht das vorbei, sag ich euch.«

Kapitel 2

George wachte auf, als dicke Tropfen auf die Zeltplane trommelten. Was für ein Höllenlärm, war der erste Gedanke, der ihr durch den Kopf fuhr. Und der zweite: Na, super, wie steh ich jetzt da mit meiner ultimativen Wetterprognose? George, der Wetterfrosch!

Inzwischen waren auch die anderen wach geworden und Timmy hatte fiepend seine Schnauze unter die Pfoten geschoben. Er konnte Gewitter auch nicht leiden.

Da begann es auch noch durch das Zeltdach zu tropfen. George schob schnell einen Teller unter die undichte Stelle und hob abwehrend die Hand, bevor jemand etwas sagen konnte. »Kein Wort! Ich will nichts hören!«

Eine Weile hörten sie schweigend zu, wie der Regen auf die Plane prasselte.

Anne war es, die als Erste die Sprache wiederfand, denn ihr stieg ein übler Geruch in die Nase. »Irgendwie stinkt's hier. Findet ihr nicht?«

Wie selbstverständlich richteten alle ihre Blicke auf Dick. Sogar Timmy hob die Schnauze und guckte ihn aus seinen dunklen Augen vorwurfsvoll an.

Achselzuckend hob Dick seine schlammverkrusteten Socken in die Höhe.

Anne hielt sich die Nase zu. »Dick! Igitt! Also echt!«

Aber Dick beeindruckte Annes Getue wenig. »Wusstet ihr, dass Mücken vom menschlichen Geruch angelockt werden? Und wir mit diesem Duft hier praktisch unsichtbar für sie sind?«

»Na, wie schön für dich und die Mücken!«, rief Julian gequält und stürzte sich auf seinen Bruder. Nach einem kurzen Gerangel hatte er es geschafft, Dick die Socken abzujagen. Schnell zog Anne den Reißverschluss des Zelteingangs auf und Julian warf die Socken kurzerhand hinaus in den Regen.

»Mann!«, protestierte Dick. »Die waren fast neu!«

George zog sich die Decke bis über die Ohren. »Ruhe jetzt. Ich will schlafen.«

Auch Anne ließ sich zurück in ihren Schlafsack sinken und wedelte mit der Hand. Noch hatte der modrige Geruch sich nicht verzogen und der Regen trommelte weiter seinen Rhythmus auf die Zeltplane. Ob sie wieder würde einschlafen können?

Julian streckte die Hand nach der Petroleumlampe

aus und drehte den Docht hinunter, bis die Flamme erlosch.

Am nächsten Morgen hatte sich der Regen verzogen. Noch fielen einzelne Tropfen von den Bäumen und der nasse Boden auf dem Zeltplatz dampfte im Licht der ersten Sonnenstrahlen. Mücken tanzten über dem See, dessen Oberfläche sich im sanften Wind kräuselte.

Dick war zum Frühstücken nur in seine Shorts geschlüpft und trommelte sich auf die nackte Brust. »Wer kommt gleich nach dem Frühstück mit zum See?«

»Aber erst wird der Abwasch erledigt«, erinnerte ihn Anne mit strengem Blick und fing dann an zu lachen.

Dick stand stramm. »Wird erledigt, Ma'am.«

Währenddessen saß Hardy in der Villa der Kents vor den Resten seines Frühstücks, das ihm auf einem silbernen Tablett von Butler William serviert worden war. Er tippte auf dem Laptop herum, das er vor sich aufgeklappt hatte. Vom Regen in der Nacht hatte er kaum etwas mitbekommen. Er trank sein Glas Orangensaft leer und bedankte sich dann bei William, der daraufhin das Tablett abräumte.

Das leise Sirren kam von einem kleinen Roboterhund, der über das Parkett gewackelt kam. *»Hardy. Komm, spiel mit mir. Ich bin Roby, dein Freund«*, drang blechern eine Computerstimme aus dem kleinen Kunststoffkörper. Hardy beugte sich hinunter und warf dem

Roboterhund einen langen Blick zu, als seine Aufmerksamkeit durch einen leisen Signalton auf den Bildschirm des Laptops abgelenkt wurde. Sein Vater meldete sich über Skype. Offenbar war er gerade dabei, sich fertig zu machen, denn er ruckelte nervös an seinem Krawattenknoten. »Hallo, mein Junge«, sprach er in die Kamera und knöpfte sich dabei den obersten Hemdknopf zu. »Sorry, dass ich mich jetzt erst melde.«

Hardy schaute in die kleine Kamera am Rand des Laptops und verzog den Mund. »Macht doch nichts, Papa. Ich freu mich. Wie läuft's denn mit der Arbeit?«

»Gut, aber ich muss noch ein paar Tage länger bleiben.« Eine Hand mit einer Kaffeetasse erschien im Bild. Der Vater trank eilig einen Schluck. Offenbar war er spät dran. »Die Geschäfte ziehen sich, verstehst du?«

Hardy hatte es befürchtet. Das kannte er schon zur Genüge. »Verstehe«, erwiderte er und bemühte sich, seine Enttäuschung zu verbergen.

Sein Vater grinste in die Kamera. »Ich bring dir auch wieder was ganz Tolles mit. Versprochen. Wie geht's denn Roby?«

»Der steht neben mir«, antwortete Hardy mit einem Kopfnicken in Richtung Roboterhund, woraufhin Roby sich um die eigene Achse drehte und seine Stimme scheppern ließ: *»Hallo, hier ist Roby. Wie geht es?«*

Hardys Vater lachte. »Was du dem kleinen Racker schon wieder beigebracht hast! Also ...« Für einen kurzen Moment blitzte auf dem Bildschirm die goldene

Armbanduhr des Vaters auf. »Sei mir nicht böse, aber ich muss jetzt echt los. Mach keinen Unsinn, okay?«

Hardy versprach es. »Bis bald, Papa.«

Eine Weile starrte Hardy auf den dunklen Bildschirm.

Dann seufzte er, schlüpfte in seine Motorradjacke, schnappte sich den Helm von der Kommode und klemmte sich Roby unter den Arm. Draußen wartete sein Quad auf ihn.

Er bemerkte den etwas verwahrlosten jungen Mann nicht, der sich hinter dem dicken Stamm einer Buche versteckt hatte und ihn beobachtete. Als Hardy kräftig auf den Kickstarter trat und davonbrauste, begann er schnell eine Nummer auf seinem Handy zu tippen …

Julian, Dick, Anne und George kamen gerade vom Schwimmen zurück, als eine fröhliche Stimme ihnen vom Zeltplatz entgegenschallte: »Morgen, Freaks! Darf ich vorstellen? Das ist Roby.«

Während sie beobachtete, wie Timmy an dem merkwürdigen Hund schnupperte, spürte George schon, wie sich in ihr alles zusammenzog. Was war das denn nun schon wieder für eine Show, die dieser seltsame Junge hier veranstaltete. Das war ja wohl total lächerlich!

Und jetzt nahm er sich auch noch heraus, Timmy herumzukommandieren! »Hey, Hund! Der ist empfindlich. Sitz!«, befahl er.

»Er heißt Timmy«, blaffte George genervt.

»Kann der kein Sitz machen?«, konterte Hardy.

»Der hört halt nicht auf jeden«, knurrte George. »Ist ein kluger Hund.«

»Timmy ist der tollste Hund der Welt«, erklärte Anne, als Hardy wissen wollte, was Timmy alles kann, wenn er doch so klug sei.

Anne klatschte in die Hände. Timmy ließ sich auf der Stelle umfallen und stellte sich tot.

»Wozu soll das denn gut sein?«, spottete Hardy. »Guckt mal, was Roby kann.«

Wieder gab der Roboterhund diese blechernen Geräusche von sich, als er sich in Bewegung setzte, mit den Augen rollte und den Mund auf- und zumachte.

Zunächst schnupperte Timmy verdutzt an seinem Gegenüber, weshalb Hardy zufrieden die Arme vor der Brust verschränkte. »Da guckst du, was?« Dann wandte er sich an George und grinste. »Pass auf, der haut bestimmt gleich ab. Jede Wette.«

Doch Timmy hob nur relativ gelangweilt die Pfote und stieß den seelenlosen Hund kurzerhand von seinen Kunststoffbeinen. Ratternd lag Roby auf dem Rücken und bewegte die Beine wie ein hilfloser Käfer. Seine mechanischen *»Ich bin dein Freund«*-Rufe klangen dabei ziemlich armselig.

»Wäre das auch geklärt.« George nickte zufrieden. Sie winkte den anderen zu. »Kommt, Leute, wir packen.«

»He, ihr fahrt schon weiter?«, rief Hardy enttäuscht. Er griff nach seinem Roboterhund und schaltete ihn aus. Endlich erstarb auch das nervtötende Geräusch.

»Ja, wir müssen wieder los«, antwortete Julian, der wenig Lust hatte, weitere Erklärungen abzugeben, und begann, seine Sachen in den Rucksack zu stopfen, aus dem er eben noch seine Ersatzhose geklaubt und sie Dick zugeworfen hatte. Dicks schlammverkrustete Jeans war ein hoffnungsloser Fall. Sie war nach dem Trocknen steif wie ein Brett, doch gerade als er überlegte, wie er sie am besten verpacken könnte, fiel sein Blick auf Hardys Quad. Neugierig ging er hinüber, um die Maschine genauer unter die Lupe zu nehmen. Alles Technische interessierte ihn brennend.

Mit skeptischem Blick beobachtete Julian, wie sich das Gesicht seines Bruders erhellte, als Hardy ihn fragte, ob er mal damit fahren wolle.

»Ja klar, aber darf man das nicht erst mit sechzehn?«, fragte Dick.

Hardy grinste verschmitzt. »Schon, aber nicht, wenn man sich auf seinem eigenen Grundstück befindet. Das hier gehört alles meiner Familie!«

»Nee, Dick, vergiss es!«, mischte Julian sich jetzt ein. Als Ältester trug er schließlich eine gewisse Verantwortung für seine Geschwister.

Dick war da natürlich ganz anderer Meinung. »Warum denn nicht?« Solch ein Angebot konnte man sich doch nicht so einfach durch die Lappen gehen lassen. Das kriegte man nicht alle Tage!

»Na, hör mal«, rief Julian vorwurfsvoll. »Du bist noch nie auf so einem Ding gefahren!«

Jetzt mischte Hardy sich ein. »Das ist wirklich ganz einfach«, versicherte er.

»Ich weiß nicht…« Julian war nicht überzeugt.

Aber er hätte seinen Bruder besser kennen müssen. Der ließ sich von Julians Bedenken in keiner Weise beeindrucken und schnappte sich kurzerhand Hardys Helm. »Ich aber. Ich mach's.« Er zwinkerte Hardy verschwörerisch zu.

Der nickte zufrieden, zog seine Lederjacke aus und gab sie Dick. »Mit meinem Helm und meiner Jacke… Was soll da schon passieren?«

»Eben«, versicherte Dick, der sich in der Lederkluft und mit dem Helm auf dem Kopf ziemlich stark vorkam.

Noch einmal warf Julian seinem Bruder einen ernsten und besorgten Blick zu. Doch Dick ignorierte ihn und startete das Quad mit einem entschlossenen Tritt auf den Kickschalter. Er würde seinem großen Bruder schon zeigen, wie er das Gerät beherrschte! Provozierend ließ er den Motor einmal aufheulen, bevor er die Kupplung kommen ließ und davonbrauste.

Wenn das mal gut geht, dachte Anne und seufzte tief. Aber jetzt war daran nichts mehr zu ändern. Also machte sie sich wieder an die Arbeit und begann, das Kochgeschirr in die Fahrradtaschen zu packen. Aus irgendeinem Grund wollte es nicht so recht passen, also holte sie es noch einmal heraus und packte es von Neuem ein. Schließlich sollte alles seine Ordnung haben.

Hardy hatte seinen sonderbaren Automatenhund wieder auf den Boden gesetzt und angestellt. Er wollte wohl um jeden Preis Timmy damit aus der Reserve locken. Aus dem Augenwinkel heraus beobachtete Anne, wie Roby auf Timmy zuwackelte und ihn, wie es ein echter Hund tun würde, beschnüffelte. Anne hätte am liebsten laut aufgelacht, weil das schon sehr komisch aussah, aber dann wäre George sicherlich wieder beleidigt gewesen.

Stattdessen überlegte sie besser, was sie mit Dicks Hose anstellen sollte, die noch immer steif wie ein Brett am Baum lehnte. Sie war unentschlossen und griff daher erst einmal zu Dicks Schlafsack. Gerade wollte sie ihn einrollen, da trat Julian neben sie. »Lass mal, Anne, ich finde, das kann Dick ruhig selber machen.«

George pflichtete ihm bei und spähte in die Ferne. »Allmählich könnte er aber auch mal wieder kommen. Langsam würde ich wirklich gern aufbrechen.« Sie nahm einen großen Schluck aus der Wasserflasche und horchte. Kein Motorengeräusch.

Hardy, der neben ihr stand, guckte auf seine Füße, als gäbe es dort etwas Interessantes zu entdecken. Plötzlich sagte er wie nebenbei: »Vielleicht komme ich ja mit.«

George hatte noch nicht geschluckt und prustete das Wasser in einer hohen Fontäne wieder aus. Einen Moment rang sie um Fassung. Wie konnte jemand nur so aufdringlich sein?

Jetzt machte Hardy sich auch noch nützlich und half

Anne, die Zeltplane zusammenzufalten und zu verstauen, was nicht so einfach war, denn Anne war mit ihren Gedanken ganz woanders. Sie machte sich Sorgen um ihren Bruder. »Wo Dick nur bleibt?«

Auch Julian war sehr besorgt und machte sich Vorwürfe. Warum bloß hatte er Dick nicht daran gehindert, sich auf diese Höllenmaschine zu setzen?

George sprach aus, was Julian durch den Kopf ging. »Hoffentlich ist ihm nichts passiert!«

Julian atmete hörbar aus und wischte sich nervös die Haare aus der Stirn. »Ist wohl besser, wenn wir mal nachsehen, oder?«

Die anderen nickten und ließen ihre Campingsachen einfach liegen. Das hatte Zeit bis später, wenn sie mit Dick zusammen zurückkamen.

Wie selbstverständlich griff Hardy nach Dicks Rad, als die anderen auf ihre Drahtesel stiegen. Und diesmal hatte nicht einmal George etwas dagegen, dass er dabei war.

Anne kam schnell außer Atem, weil die anderen so kräftig in die Pedale traten. Sie folgten dem holperigen Weg, den Dick mit dem Quad genommen hatte. Der Boden war vom Regen aufgeweicht und man konnte die Spuren gut verfolgen. Die Kinder mussten die Fahrradlenker mit festem Griff umklammern und gut aufpassen, um den tiefsten Matschlöchern auszuweichen.

Julian, George, Anne und Hardy riefen nach Dick, so laut sie konnten, doch sie bekamen keine Antwort.

Die Fünf Freunde: Julian (Quirin Oettl), Anne (Neele Marie Nickel), George (Valeria Eisenbart), Dick (Justus Schlingensiepen) und Timmy (Coffey), der Hund (v.l.n.r.)

Folgen Timmys Spürnase: die Fünf Freunde auf dem Weg über den Gaffensteinfelsen

Dick, George, Anne und Julian zelten in der sagenumwobenen Katzenschlucht.

Anne am Zeltplatz in der Katzenschlucht

Allein zu Hause: Millionärssohn Hardy (Kristo Ferkic) mit seinem Roboterhund Roby

Die Freunde bekommen ungebetenen Besuch.

Die Gangster Fil (Oliver Korittke) und Max (Stefan Konarske) wollen von Dick wissen, wo das Grüne Auge versteckt ist.

Die Freunde und Hardy haben die Gangster bis zum Zirkus verfolgt.

Hardy, Julian, Anne, George und Timmy observieren den Wanderzirkus.

George und Julian springen über die Dächer der Zirkuswagen.

Julian, Hardy, Anne und George wollen Dick befreien.

Im sicheren Versteck: George

Wo haben die Gangster Dick bloß versteckt?

Bringen Timmy mit einer stinkenden Socke ihres Bruders auf die richtige Fährte: Julian und Anne

Endlich haben die Freunde Dick gefunden!

Fil hält die Freunde in Schach!

Endlich erreichten sie einen befestigten Weg und das Fahren wurde etwas leichter. Die Matschspur von den Quad-Rädern zog sich noch ein gutes Stück dahin, dann verlor sie sich.

Der hört uns sowieso nicht, weil der Motor so einen Krach macht, dachte George. Andererseits, wenn der Motor so einen Krach macht, müssten *wir* ihn doch hören. Aber alles war still bis auf das Vogelgezwitscher und das Rauschen der Bäume. Was hatte das zu bedeuten? War er so weit gefahren?

Plötzlich rief Julian. »Da! Das Quad!«

Jetzt sahen es auch die Mädchen. Hardys Gefährt lag umgekippt am Wegrand!

»Dick!«, schrie Anne und raste los.

Als sie das Quad erreicht hatten, sprangen sie von ihren Rädern. Sofort begann Timmy zu schnüffeln und zu winseln. Ihnen allen stand der Schreck ins Gesicht geschrieben. Wo war Dick? Dass er nicht hier war, war das ein gutes oder ein schlechtes Zeichen?

Hardy hob seinen Helm auf, der ein Stück weiter im Gras lag, und fuhr mit den Fingerspitzen über einige Schrammen, die sich über die glänzende Oberfläche zogen.

»Oh Mann, mein Quad!«, jammerte er und legte die Stirn in Falten. Dann stellte er seine Maschine auf die Räder und begann, sie genau zu inspizieren, während Anne aufgeregt hin und her lief und nach ihrem Bruder rief.

Jetzt hatte Julian richtig Angst um Dick. »Warum konnte er nicht einmal auf mich hören?«, fragte er mit verzweifelter Stimme.

Auch George suchte die nähere Umgebung ab, Horrorbilder vor ihrem inneren Auge. Was, wenn Dick vom Quad geschleudert worden war und nun schwer verletzt hier irgendwo lag? Aber keine Spur von ihm.

»Das Quad ist in Ordnung!«, hörten sie plötzlich Hardy erleichtert sagen.

Das kann jetzt nicht wahr sein, oder?, dachte Julian und sah die Mädchen ungläubig an. Hatte dieser Junge nicht alle Tassen im Schrank?

Wütend trat er einen Schritt auf Hardy zu und blaffte ihn an. »Mein Bruder hat offensichtlich einen Unfall gehabt. Und du sorgst dich um dein dämliches Quad?!«

Jetzt erst schien Hardy bewusst zu werden, dass er sich gerade vollkommen danebenbenommen hatte. Verlegen senkte er den Blick und wurde rot.

»Warum gehst du nicht einfach!«, brach es aus George heraus.

»Aber …« Hardy wollte sich verteidigen, doch Julian schnitt ihm das Wort ab. »Wegen dir ist das hier überhaupt erst passiert! Kümmer dich um dein Quad …«

»… und lass uns in Ruhe«, führte George den Satz zu Ende. »Bitte.«

Hardy war vollkommen verunsichert. Er wusste, er hatte einen Fehler gemacht, und ärgerte sich über sich selbst, als er die feindlichen Blicke der anderen sah.

Aber Julians wütende Reaktion hatte ihn auch überrascht und er wusste nicht, wie er darauf reagieren sollte. Deshalb zog er sich schnell den Helm über den Kopf und setzte sich auf sein Quad. Bevor er das Visier runterklappte, sah er noch ein letztes Mal zu den anderen hinüber, dann ließ er den Motor aufheulen und brauste davon.

Kapitel 3

Endlich ist er weg!, dachte George. Der und sein lächerlicher Hund.

Auf einmal begann Julian aufgeregt in seiner Hosentasche herumzuwühlen. Sein Handy klingelte! »Das ist Dick!« Nervös drückte er auf die Taste mit dem grünen Hörer, während George und Anne dicht an ihn herantraten und lauschten. »Dick!«, rief er in das kleine Mikro. »Was ist passiert?«

Doch statt einer Antwort waren nur sonderbare Geräusche zu hören. Ein Räuspern und dann Stimmen, die irgendwo aus dem Hintergrund an das Handy drangen.

Die drei lauschten angestrengt.

»Ich bin nicht Hardy, wie oft soll ich das denn noch sagen?!«, war plötzlich Dicks Stimme auszumachen.

»Hä? Was ist da los?«, wisperte Anne und sah in die fragenden Gesichter von Julian und George. »Was hat das zu bedeuten?«

Sofort schnellte warnend Georges Zeigefinger in die Höhe. Anne sollte leise sein.

»Schon klar, und ich bin nicht der Weihnachtsmann«, antwortete die Stimme eines unbekannten Mannes.

»Wo bringt ihr mich hin?«

»An einen sicheren Ort.«

»Meine Freunde werden die Polizei beachrichtigen. Die wird nach mir suchen.«

Julian sah die Mädchen erschrocken an. War Dick etwa in Gefahr?

Tatsächlich saß Dick auf dem Rücksitz eines Lieferwagens und hatte keine Ahnung, wie ihm geschah.

Dabei hatte alles so gut angefangen. Die Fahrt mit dem Quad war einfach super gewesen. Wie im Schlaf hatte er die Maschine gelenkt, als hätte er nie etwas anderes getan. Der Matsch war in Fontänen hinter den Rädern hochgespritzt, und er hatte sich so frei gefühlt, dass er vor Freude geschrien hatte. Wie ihm der Magen hüpfte, als das Quad über die huckelige Piste dahinschoss, immer schneller, immer schneller! Ein irres Gefühl!

Und dann war da plötzlich wie aus dem Nichts dieser dämliche Lieferwagen aufgetaucht. Kam einfach seitlich auf die Straße gerollt, sodass Dick eine Vollbremsung hinlegen musste, die sich gewaschen hatte. Im letzten Moment hatte er noch ausweichen können, aber halten konnte er das Quad nicht mehr. Es kippte einfach unter ihm weg und er landete mitsamt dem Gefährt im Gebüsch.

Tausend Gedanken waren ihm gleichzeitig durch den Kopf geschossen. Hoffentlich ist am Quad nichts kaputtgegangen, das Teil ist doch nur geliehen! Hoffentlich ist an mir nichts kaputtgegangen, das wäre auch ziemlich übel und Wasser auf Julians Mühlen. Und hoffentlich kommt der dusselige Fahrer mir wenigstens zu Hilfe!

Aber dann war etwas ganz Merkwürdiges passiert. Zwei Männer kamen aus dem Auto gesprungen, eilten ihm aber keineswegs zur Hilfe, sondern packten ihn und schleppten ihn in den blöden Wagen. »Wir haben ihn!«, brüllte der eine dabei triumphierend, was Dick vollends verunsichert hatte.

Und jetzt hockte er hier auf der Ladefläche des Wagens und war um zwei Erkenntnisse reicher. Die eine, die ihn durchaus beruhigte, war, dass er sich bei dem Unfall nicht verletzt hatte. Er würde höchstens ein paar blaue Flecke bekommen. Die andere aber, und die beunruhigte ihn sehr, war die Tatsache, dass diese beiden Typen offenbar davon ausgingen, dass er Hardy war, und sich von dieser Überzeugung auch nicht abbringen ließen. Dass ihn hier irgendjemand in dem Auto bemerkte und ihm helfen konnte, war mehr als unwahrscheinlich. Diese Gegend schien so ausgestorben wie die Wüste Gobi!

Zum Glück war ihm eingefallen, dass er sein Handy in der Tasche hatte, und es war ihm gelungen, es unbemerkt herauszuholen und per Kurzwahl Julians Nummer zu wählen. Hoffentlich erkannte der Bruder den Ernst der Lage und kapierte, was hier abging, und legte nicht sofort auf, weil er es für einen albernen Scherz von Dick hielt.

Dick fühlte, wie ihm die Schweißperlen über die Stirn rannen. Das Handy lag hinter ihm auf dem Sitz, aber mit Sorge musste er aus dem Augenwinkel sehen, dass es immer weiter an den Rand hüpfte und hinunterzufallen drohte, denn der Wagen fuhr über eine Art Buckelpiste.

Dick hielt die Luft an. Nein, nein, nein! Das durfte nicht passieren. Er war sich nicht mal sicher, ob Julian bei den Nebengeräuschen überhaupt richtig verstehen konnte, was gesprochen wurde, und bemühte sich daher, möglichst laut und deutlich zu reden.

Jetzt drehte sich der Kerl, der ihn gepackt hatte und nun vorn auf dem Beifahrersitz saß, zu ihm um und griff auf, was Dick gerade gesagt hatte. »Uh! Die Polizei wird nach dir suchen? Da haben wir aber Angst«, säuselte er. Dann wurde seine Stimme rau und böse. »Ich sag dir, wenn es auch nur im Entferntesten nach Polizei riecht, dann …«

»… hauen wir ab«, beendete der andere den Satz.

Dick war verwirrt. Was sollte das denn heißen, dann hauen die ab? Sollen sie doch machen! Das war ihm nur recht!

Aber er wusste, die Sache hatte einen Haken, denn der Typ auf dem Beifahrersitz sagte: »Und dich lassen wir alleine im Versteck zurück. Und da wird man dich niemals finden.«

Dick schluckte heftig. Das klang jetzt gar nicht mehr so klasse. Das klang sogar ziemlich brenzlig. Es klang nach einer Entführung. Und jetzt drohte auch noch das Handy vom Sitz zu fallen.

Dick hielt die Luft an und wartete ab, bis der Fahrer schließlich verkündete: »Wir sind gleich da. Also, das mit dem Versteck, das ist echt der Wahnsinn, weil …«

Doch der andere fiel ihm sogleich ins Wort. »Halt jetzt endlich mal die Klappe, Mann!«

Der Fahrer sah ihn verwirrt an. Dick hatte für einen Moment Sorge, er könnte von der Straße abkommen, weil er nicht nach vorne sah.

»Aber … wieso?«

»Weil ich dein Bruder bin und es dir sage«, knurrte der andere, und dann war es passiert. Dick hatte es ja kommen sehen. Der Fahrer hatte ein Schlagloch übersehen und war nun mitten hindurchgebrettert. Ein Wunder, dass sie keinen Achsbruch erlitten hatten.

Aber das Handy machte einen Satz und knallte auf den Boden.

Dick wandte den Blick ab und tat so, als wisse er nicht, worum es ging, als der Typ vom Beifahrersitz sich ruckartig umdrehte. Natürlich hatte er das Handy sofort erspäht. »He, was'n das?«

Er grapschte danach und warf es kurzentschlossen aus dem Fenster!

Dick fluchte innerlich. Jetzt sitze ich in der Falle, dachte er. Er hätte heulen mögen vor Wut, aber den Gefallen tat er den beiden Ganoven nicht. Sondern er tat das, was er in dieser Situation für das einzig Richtige hielt. Er biss die Zähne zusammen und dachte nach.

Warum war plötzlich die Verbindung abgebrochen? Julian starrte das Mobiltelefon in seiner Hand an, als könne es ihm verraten, was das alles zu bedeuten hatte.

Der Schock stand Anne ins Gesicht geschrieben. »Dick ist entführt worden!«

»Weil sie ihn für Hardy halten«, interpretierte George das, was sie soeben gehört hatte.

Jetzt fiel auch bei Julian der Groschen. »Ja, klar. Er ist mit Hardys Quad unterwegs gewesen.«

»Und er trägt seine Klamotten«, erinnerte Anne aufgeregt. »So mit Helm und Lederjacke… da kann die ja keiner unterscheiden.« Sie hatte auf einmal solche Angst, dass sie anfing zu zittern. Beinahe kippte ihre Stimme, als sie sagte: »Was machen wir denn jetzt?«

Julian dachte angestrengt nach, was ihm schwerfiel, denn auch er war aufgeregt und sorgte sich um Dick. Außerdem hatte er ein schlechtes Gewissen. Hätte er ihn doch von dieser Tour abgehalten! Und nun war Dick entführt worden! »Wir müssen ihn finden«, entschied er.

George verdrehte die Augen. »Na, super, und wie?«

Anne zuckte die Schultern. »Ja, wirklich. Wir haben doch absolut keine Ahnung, wo die mit ihm hingefahren sind und wo dieses ominöse Versteck sein soll«, sagte sie verzweifelt.

Plötzlich kam Timmy angelaufen und fiepte. Offenbar wollte er beachtet werden.

»Ich glaube, er hat was in der Schnauze«, sagte Anne.

George streckte die Hand aus und Timmy ließ etwas hineinfallen. Dann sah er sein Frauchen erwartungsvoll an. »Ja, das hast du fein gemacht, mein Lieber.« George streichelte ihm über den Kopf und betrachtete den kleinen Gegenstand auf ihrem Handteller. Ein Knopf!

Sie hielt ihn hoch und ließ ihn im hellen Licht blitzen. Julian fischte ihn mit spitzen Fingern von der Hand seiner Cousine. »Da ist so eine Art Sonne drauf abgebildet, seht ihr?« Er drehte den Knopf hin und her. »Wer weiß, vielleicht hat Dick den von einem der Entführer abgerissen, als sie ihn geschnappt haben.«

Anne zog Julians Arm hinunter, damit auch sie sich den Knopf besser anschauen konnte. »Was ist das für ein Zeichen?«

Aber die anderen zuckten die Schultern. Woher sollten sie das wissen?

Plötzlich bekam Julian einen entschlossenen Gesichtsausdruck. »Kommt mit!«

George zögerte. »Wo willst du denn hin?«

Jetzt wirkte Julian geradezu verbissen. »Na, wohin wohl? Zu Hardy natürlich!«

George blieb beinahe die Spucke weg, als sie vor der imposanten Villa der Kents ankamen. Sie nahm Julian die Visitenkarte aus der Hand, um die Adresse noch einmal zu überprüfen. Aber ohne Zweifel, in diesem Haus wohnte Hardy. »Oh Mann, was für ein Protzkasten!«, rief sie abschätzig.

Julian tippte ihr unters Kinn. »Kannst den Mund trotzdem wieder zumachen. Los, komm, wir haben keine Zeit zu verlieren. Sehen wir zu, dass wir Hardy finden.«

Als sie klingelten, öffnete ihnen ein Butler, der sie, als sie fragten, ob Hardy zu Hause sei, durch eine großzügige Eingangshalle in den Wohnbereich führte. Schon von Weitem hörten sie die wohlbekannten mechanischen Geräusche, die der merkwürdige Roboterhund von sich gab.

»Da sitzt er ja!«, rief Anne außer Atem und spähte durch die gläserne Flügeltür. Hardy hatte sich auf eine ausladende weiße Couch gefläzt und zu seinen Füßen drehte sich Roby in einer albernen Pirouette um sich selbst. Doch als er Timmy bemerkte, hörte er tatsächlich abrupt damit auf und suchte das Weite.

Timmy hielt es nicht einmal für nötig, ihm hinterherzurennen. Er hob nur einmal kurz die Nase und witterte.

Jetzt hatte Hardy sie bemerkt und sprang auf. »Ihr?«, rief er erstaunt. »Was wollt ihr denn hier? Ich dachte …«

Doch Julian schnitt ihm sogleich das Wort ab. Jetzt

war keine Zeit für großartige Erklärungen. »Dick ist entführt worden und …«

Aber Hardy fiel ihm umgehend ins Wort. »Dick entführt?« Er rümpfte die Nase. »Das ist doch lächerlich. Warum sollte ihn denn jemand entführen?«

»Weil man ihn mit dir verwechselt hat!«, entgegnete George vorwurfsvoll, obwohl Hardy das natürlich weder ahnen, noch etwas dafür konnte. »Darum!«

Jetzt wich sämtliche Farbe aus Hardys Gesicht. Wie ein Gespenst sah er aus, als er seinen Blick von einem zum anderen wandern ließ. »Was? Ich sollte entführt werden?« Seine Stimme klang plötzlich ganz dünn. »Das gibt es doch gar nicht!«

George war fassungslos. Dieser arrogante Schnösel würde doch jetzt nicht auch noch anfangen zu flennen wie ein kleines Mädchen?

»Was könnten die von dir wollen?«, fragte Julian. Hardy schien tatsächlich geschockt zu sein. Er war immer noch kreidebleich und atmete hektisch.

»Die … die werden Lösegeld wollen«, stammelte er. »Auch wenn's vielleicht nicht so aussieht, aber wir sind sehr vermögend.« Für einen Moment schien er nachzudenken, was ihm nicht so recht gelingen wollte. Er wirkte fahrig, als er sich umdrehte und nach seinem Smartphone auf dem Tisch griff. Seine Finger zitterten, während er es in die Hand nahm und darauf herumtippte. »Ich … ich ruf sofort die Polizei an.«

Aber davon wollte Julian nichts wissen. Entschlossen

nahm er Hardy das Handy aus der Hand. »Nein! Warte! Wenn die Entführer davon Wind kriegen, ist Dick verloren. Dann finden wir ihn nie!«

Er drehte sich zu George und Anne um. »Ihr habt doch auch gehört, was die Verbrecher gesagt haben.«

George und Anne nickten eifrig. Ja, das hatten sie in der Tat. Und das hatte nicht gut geklungen! Dick würde irgendwo allein in diesem blöden Versteck hocken und die Schufte wären über alle Berge und würden ihn seinem Schicksal überlassen.

»Wir müssen ihn selber finden«, erklärte Julian mit entschlossener Miene.

Hardy traute seinen Ohren nicht. »Mann, das ist doch total gefährlich!«

Pah, du Weichei!, dachte George. »Ja, und? Es geht um Dick!«

Sie klaubte den Knopf aus der Tasche ihrer Jeans und präsentierte ihn Hardy auf der flachen Hand. »Sagt dir das Zeichen hier vielleicht was?«

Hardy stutzte für den Bruchteil einer Sekunde und betrachtete den Knopf dann nachdenklich. Er kratzte sich an der Schläfe. »Äh, nein, tut mir leid. Noch nie gesehen«, stammelte er ausweichend.

Anne sah ihn misstrauisch von der Seite an. Wurde er etwa rot? »Hardy, du weißt doch was!«, stellte sie ihn zur Rede.

Hardy hob abwehrend die Hände. »Sorry, aber ich will damit nichts zu tun haben.«

Na super, dachte Julian. Er verschränkte die Arme vor der Brust und kochte vor Wut. Dieser Typ da war doch an allem schuld. Wäre er nicht gewesen, wäre Dick nicht entführt worden, und nun weigerte er sich auch noch, ihnen zu helfen. »Er will uns nichts sagen«, knurrte Julian.

George fackelte nicht lange. Auf solch ein Weichei konnten sie doch locker pfeifen! »Kommt, wir gehen!«, rief sie, wandte sich dann an Hardy und fauchte ihm ins Gesicht: »Viel Spaß noch! Mit deinem tollen Roby!« Sie warf einen abschätzigen Seitenblick auf den lächerlichen Roboterhund. »Wir kommen auch ohne dich klar.«

Julian und Anne sahen sich erstaunt an. Sie mochten nicht glauben, dass George so schnell aufgeben wollte. Schließlich ging es um Dick und vielleicht konnten sie Hardy doch noch zum Reden bringen.

Aber was George sich einmal in den Kopf gesetzt hatte, das tat sie auch. Auf diesen verzogenen Jungen wollte sie nicht angewiesen sein. Um keinen Preis! Sie machte den anderen ein Zeichen, ihr zu folgen, und verließ den Raum mit entschlossenen Schritten.

Was blieb Julian und Anne anderes übrig, als ihr zu folgen?

Das leise Sirren von Roby, der wieder begonnen hatte, sich um sich selbst zu drehen, begleitete sie. *»Ich bin dein Freund, lass uns spielen. Ich bin dein Freund, lass uns spielen«*, krächzte seine blecherne Roboterstimme.

Anne schaute sich noch einmal kurz nach Hardy um. Der saß wieder auf dem Sofa und starrte den kleinen Roboterhund nachdenklich an.

Was mochte wohl in ihm vorgehen?

Als sie ihre Räder über den Vorplatz der Villa schoben, hatte Anne das Gefühl, dass es nicht richtig gewesen war, so überstürzt abzuhauen. »Was machen wir denn jetzt?«, fragte sie durch das Knirschen des Kieses hindurch.

Und dann sagte George etwas, das sie überraschte. »Langsam gehen, damit Hardy uns noch einholen kann.«

»Du meinst, er kommt uns hinterher?«, fragte Julian erstaunt.

George war sich sicher. »Vor wem sollte er denn sonst angeben?«

Und als hätten sie sich abgesprochen, kam Hardy auch schon auf einem Rennrad angesaust. Julian fielen beinahe die Augen aus dem Kopf. Diese Rennmaschine musste ein Vermögen gekostet haben! Außerdem schien sie noch ganz neu zu sein, die Chromteile funkelten blitzblank in der Sonne.

Dann ließ Hardy die Bremsen quietschen und die Räder fraßen sich in den Kies.

»Wartet!«, keuchte Hardy, der einen vollgepackten Rucksack auf dem Rücken trug. Seine Coolness wirkte etwas aufgesetzt, als er sagte: »Ich kann doch so ein paar Freaks nicht einfach hängen lassen.«

George verdrehte die Augen. Dieser Typ war wirklich

unerträglich. Aber gerade als sie etwas erwidern wollte, sagte Hardy genau das, was sie sich erhofft hatte. »Vielleicht habe ich das Zeichen auf dem Knopf doch schon mal irgendwo gesehen.«

Dieser Hardy war wirklich so leicht zu durchschauen!

»Und wo?«, fragte George daher bloß.

Kapitel 4

Dick hätte zu gern gewusst, wo er sich befand. Was wurde hier nur für ein Spiel gespielt?

Ich bin in einem komplett falschen Film gelandet, dachte er und schaute sich genervt in dem Raum um, in den die beiden seltsamen Typen ihn gebracht hatten – das Versteck also. Es befand sich im Kellergeschoss eines alten efeuumrankten Turmes, der zu einer kleinen mittelalterlichen Burg gehörte – so viel hatte Dick bei seiner Ankunft zumindest erkennen können – und heute ganz offensichtlich als eine Art Abstellkammer diente. Ein paar Kerzen und Petroleumlampen verbreiteten schummriges Licht. Aber selbst wenn er herausbekommen könnte, wo er genau war, es hätte ihm nicht viel genützt. Das Handy war schließlich futsch!

Wie er in der Zwischenzeit erfahren hatte, hießen seine Entführer Max und Fil, waren Brüder und glaubten noch immer, dass ihnen Hardy in die Falle gegangen sei. Die Situation war so absurd, dass Dick unwillkürlich schmunzeln musste, nichtsdestotrotz saß er ganz schön tief in der Patsche.

In seiner Hosentasche hatte Dick ein kleines Stück Kreide gefunden, mit dem er Striche an die Mauer neben der Pritsche malte, auf die er sich gekauert hatte. »Wie lang soll ich hier denn noch warten?«, fluchte er leise vor sich hin, als er nach einem Blick auf die Armbanduhr einen weiteren Strich malte.

»Oh Mann, schon dreißig Minuten!«

Plötzlich hörte er Schlüssel klimpern und es klackte im Schloss. Dann schob jemand die schwere Holztür auf.

»Oh, das Dream-Team ist zurück«, sagte Dick und bemühte sich, möglichst gelangweilt zu klingen, dabei war er mit seiner Geduld langsam am Ende.

Max baute sich breitbeinig vor ihm auf und steckte lässig die Daumen in die Taschen seiner Jeans. »Okay, Hardy, dann lass mal hören.«

Dick spürte, wie ihm die Wut die Kehle hochstieg, als hätte er zu viel Brausepulver geschluckt. »Ich-bin-nicht-Hardy…«, wiederholte er zum x-ten Mal, wobei es ihm kaum gelang, seinen Zorn zu unterdrücken. Warum waren diese beiden Typen nur so schwer von Begriff? Und als dieser Max ihm dann zur Antwort noch ein süffisantes Grinsen schenkte, wäre er ihm am liebsten an die Gurgel gesprungen.

»Schon klar«, erwiderte Max, als hätte er den vollen Durchblick. »Wir haben die Karte.«

Dick stutzte. »Welche Karte?«

»Die Karte, die zum Grünen Auge führt«, erklärte Max bereitwillig. »Damit werden wir steinreich!« Plötzlich musste er über sein eigenes Wortspiel lachen. »Stein! Reich! Gut, was?« Nach Anerkennung heischend, drehte er sich zu Fil und Dick um, aber die hatten nur ein müdes Grinsen für ihn übrig.

Für Dick wurde es jetzt interessant. »Ihr seid hinter dem Grünen Auge her?«

»Na, was denkst du denn?«, rief Fil.

»Und was hat Hardy damit zu tun?«, wollte Dick wissen.

Jetzt kam ihm Max unangenehm nahe, als er ihn anblaffte: »Mach mal nicht auf blöd hier! Uns fehlt nur noch das Liedchen. Und jetzt sing!«

Dick drehte angewidert den Kopf zur Seite und hob abwehrend die Hände. Dieser Max hatte echt Mundgeruch! »Noch mal: Ihr verwechselt mich!«

Auf einmal hob Max die Faust, und Dick hatte schon Sorge, er wolle ihn schlagen, aber er ließ sie nur auf den kleinen Holztisch niederdonnern, der neben der Pritsche stand. »Für wie bescheuert hältst du uns eigentlich? Wir sind schon mit ganz anderen fertig geworden!«

Erstaunlicherweise hielt das Tischchen stand, aber es wackelte gefährlich.

»Ja!«, bestätigte Fil eifrig, kam dann jedoch ins Grübeln und wandte sich an seinen Bruder: »Äh, mit wem eigentlich?«

Max zog die Augenbrauen hoch. »Na, zum Beispiel mit … äh … ach, ist doch jetzt egal!« Er schubste seinen Bruder zur Seite und hielt Dick die Faust vor die Nase. »Glaub mir, Bürschchen, wir bringen dich schon noch zum Reden. Und ich weiß auch, wie.«

Für einen Moment spürte Dick, wie sein Herz zu trommeln begann und ihm das Blut in den Kopf stieg. Hatten diese beiden Clowns tatsächlich ein Druckmittel gegen ihn in der Hand?

Max griff in seine Hosentasche und hielt plötzlich … ein Pendel zwischen den Fingern. Langsam ließ er es vor Dicks Gesicht hin und her schwingen und sagte mit ruhiger und eintöniger Stimme: »Du bist jetzt völlig willenlos und machst alles, was wir sagen.«

Das konnte doch nur ein schlechter Scherz sein? Aber Max schien es offensichtlich vollkommen ernst damit. Interessiert verfolgte Dick mit seinem Blick das kleine messingfarbene Gewicht, das die Form einer kleinen Bombe hatte, und spürte … rein gar nichts!

Aber warum sollte er das Spiel nicht mitspielen? Also wiederholte er: »Ja, alles, was wir sagen«, als sei er längst in eine andere Welt abgedriftet.

»Wie lautet die Melodie?«, fragte Max jetzt eindringlicher. »Los, sing!«

Und Dick sang. »Null-drei-vier-eins und die Pizza ist meins!« Wobei ihm in den Sinn kam, dass dieser Satz eigentlich grammatikalischer Blödsinn war, aber zumindest verfehlte er seinen Zweck nicht, denn die Brüder sahen sich euphorisch an und Max machte sich eifrig Notizen. Endlich hatten sie das kleine Lied, das ihnen ganz offensichtlich zur Lösung des Rätsels fehlte.

Da warf Fil einen skeptischen Blick auf das Gekritzel und fragte: »Ja, und was ist das jetzt?«

Max schnipste mit dem Finger. Wie in Zeitlupe öffnete Dick die Lider und tat überrascht. »Was ist was?«

Fil und Max wiederholten das Lied und Dick antwortete so unschuldig wie möglich: »Na, das ist doch der Werbesong von Maxi-Pizza, oder nicht?«

Ein sonderbarer Laut entfuhr Max' Kehle. Das sollte wohl »Verdammt!« heißen. Er blähte sich auf wie ein Puter, und Dick hatte schon Sorge, er würde platzen. »Hör auf, uns zu verarschen!«, brüllte Max.

Aber Dick verdrehte nur theatralisch die Augen. »Tschuldigung. Ich hab so einen Hunger. Ich kann an nichts anderes mehr denken. Ehrlich.«

Max hatte ganz offensichtlich Mühe, seinen Zorn im Zaun zu halten, aber schließlich gab er nach. »Okay«, sagte er, an seinen Bruder gewandt. »Dann hol ihm schon eine.«

»Eine was?«, fragte Fil.

»Eine Trompete«, antwortete Max, ohne eine Miene zu verziehen.

»Wieso 'ne Trompete? Ich denke er soll singen«, wunderte sich Fil.

Max schlug seinem Bruder mit der flachen Hand vor die Stirn. »Na, eine Pizza, was sonst, du Depp!«

Aber Fil schob trotzig die Hände in die Taschen. »Wieso ich?«

»Weil ich es dir sage«, maulte Max. »Und bring gleich die Karre zurück.« Damit lief er Richtung Tür und sagte im Hinausgehen: »Ich muss mal kurz telefonieren.«

Mit einem lauten Krachen schmetterte er die Tür ins Schloss.

Bevor Fil seinem Bruder nacheilen konnte, nutzte Dick die Gelegenheit, ihn anzusprechen, ohne dass Max dabei war.

»Ja, ja, ältere Brüder glauben, ihnen gehört die Welt«, sagte er wie nebenbei. »Glaub mir, ich weiß, wovon ich spreche.«

Fil hielt inne und drehte sich zu Dick um. »Ja, tust du das?«

Dick hoffte, Fil in ein Gespräch verwickeln zu können. »Klar, wusstest du etwa nicht, dass achtzig Prozent der jüngeren Brüder sogar intelligenter sind als ihre Geschwister?«

Fil schlug sich mit der Faust in die hohle Hand. »Ha, wusste ich's doch!« Dann stutzte er, und Dick konnte ihm deutlich ansehen, dass sein Gehirn zu arbeiten begann. »Moment mal. Mein Bruder ist doch der Jüngere …«

Mist!, dachte Dick. Fettnapf lässt grüßen! Wie kam er aus der Nummer jetzt wieder raus?

»Oh. Äh …«, stammelte er. »Aber dafür siehst du … äh … viel besser aus!«

Fil starrte ihn wütend an, schnappte sich den großen Schlüsselbund und wandte sich dann zum Gehen. Doch bevor er die Tür ins Schloss fallen ließ, drehte er sich noch einmal um und erkundigte sich, was für eine Pizza Dick denn haben wolle.

Puh, gerade noch mal gut gegangen, dachte Dick und lächelte.

Er hob die Hand, malte einen weiteren Kreidestrich in die Reihe und fragte sich, was Hardy mit der ganzen Sache zu tun hatte und ob die anderen wohl schon nach ihm suchten.

»Mensch, warum Eintritt für eine Vorstellung bezahlen«, flüsterte Anne und staunte, »hier kriegt man ja alles so geboten.«

Anne hatte zusammen mit Julian, George und Hardy etwas abseits einer Festwiese hinter einem kleinen Hügel Stellung bezogen. Hier hatte ein Zirkus seine Zelte aufgeschlagen. Rund um das große Zelt in der Mitte standen die Wagen der Artisten und die Gehege der Tiere, von denen ein strenger Geruch zu ihnen hinüberwehte. Das schöne Wetter hatte die Zirkusleute hinausgelockt.

»Wow!«, zischte Anne, als sie durch die langen Grashalme die Schlangenfrau sah, die ihren Körper dermaßen verrenkte, wie Anne es für einen normal sterblichen Menschen nicht für möglich gehalten hätte. Ihr taten schon beim Zusehen Arme und Beine weh!

Hardy hatte die Freunde und Timmy hierhergeführt.

Jetzt deutete er mit dem Finger in eine Richtung und reichte George sein Fernglas. »Ich hatte recht. Seht ihr das?«

George stellte das Okular scharf. »Die tragen alle Jacken mit diesen Knöpfen.«

Auch auf dem Dach des Zeltes und den Zirkuswagen prangte das Sonnenzeichen. Nicht zu übersehen!

Julian legte die Stirn in Falten und dachte nach. »Also wenn wir die Person finden, an deren Jacke ein Knopf fehlt …«

»… dann ist das die Spur zu Dick!«, rief Anne halblaut.

Hardy begann, in seinem Rucksack zu kramen. Zum Vorschein kam ein kleines Gerät, das er sich grinsend vor den Mund hielt. »Wenn wir Dick finden wollen, müssen wir den Entführern immer einen Schritt voraus sein«, krächzte er.

Ein Stimmenverzerrer also. Julian verdrehte die Augen. Wie sollte sie das Teil weiterbringen? »Äh ja, klingt wirklich nach 'nem tollen Plan.«

Aber Hardy fühlte sich ganz in seinem Element. Er hatte noch mehr auf Lager und kramte zwei kleine rote Bälle hervor, die wie Flummis aussahen. »Ich hab noch mehr dabei.«

Er warf sich einen der Bälle über die Schulter, und dort, wo er wenige Meter hinter ihm auf den Boden prallte, stob eine dichte Rauchwolke in die Höhe. »Mega, oder?«, zischte Hardy Beifall heischend.

Georg stöhnte.

»Hör jetzt auf mit dem Blödsinn, ja?«, schimpfte Julian vorwurfsvoll und riss ihm den zweiten Ball aus der Hand. »Unauffällig bleiben.« Er nickte in Richtung Zirkus.

Und da waren zwei Artisten, die vor ihrem Wagen saßen und Karten spielten, schon auf sie aufmerksam geworden.

»Schau mal, dahinten scheint unser Whodini wieder seine Rauchnummer zu proben«, sagte der eine.

Der andere schüttelte verständnislos den Kopf. »Der könnte sich auch mal wieder was Neues einfallen lassen. Das will doch keiner mehr sehen.«

Die Freunde hatte gerade noch in Deckung gehen können. Glück gehabt. Julian wedelte sich hustend den letzten Rauch aus dem Gesicht.

»Und was machen wir jetzt?«, wollte Anne wissen.

»Ja, hat jemand eine Idee?«, fragte George, aber als sie sah, dass Hardy sich zu Wort melden wollte, fügte sie schnell hinzu: »Außer Hardy!«

Nein, dachte Anne, auf Hardy sind wir gar nicht angewiesen. Ihr war eine viel bessere Idee gekommen, als sie Timmy leise fiepen hörte.

»Hört zu«, sagte sie zu den anderen, und dann steckten sie die Köpfe zusammen, und Anne erzählte im Flüsterton von ihrem Plan.

Wenig später fanden sie sich alle zusammen vor dem Direktor des kleinen Zirkus wieder. Timmy war voll in seinem Element, denn jetzt durfte er alle Kunststückchen präsentieren, die George ihm im Lauf der Zeit beigebracht hatte.

Der Zirkusdirektor nickte anerkennend. »Nicht schlecht, wirklich nicht schlecht«, gab er zu, hob aber gleichzeitig die Hände zu einer Geste des Bedauerns. »Aber für eine Zirkusnummer? Ich weiß nicht… Ich fürchte, das wird nicht reichen.«

Natürlich war es Anne vorher schon sonnenklar gewesen, dass sie den Direktor mit Timmys Kunststücken nur mäßig beeindrucken würden, aber so hatten sie einen super Vorwand gehabt, auf das Zirkusgelände zu gelangen, ohne dass jemand es hinterfragte. Jeder konnte sehen, dass sie mit dem Direktor persönlich sprachen. »Schade«, bedauerte sie, aber dann strahlte sie den Direktor an und klatschte in die Hände wie ein kleiner Seelöwe. »Aber könnten wir uns nicht trotzdem ein bisschen umsehen? Bitte! Meine Freunde und ich wollen später nämlich auch mal zum Zirkus. Stimmt's, Leute?«

Die anderen nickten in eifriger Zustimmung.

»Klar könnt ihr euch umsehen, stellt aber bitte nichts an, ja?«

Und wieder einmal hatte es Anne geschafft, einen Erwachsenen um den Finger zu winkeln. Darin war sie wirklich einsame Spitze!

»Vielen Dank!«, riefen sie dem Direktor nach, als er in seinem Zelt verschwand. »Das ist echt nett von Ihnen!«

Jetzt konnte das Detektivspiel beginnen. Auftrag: Knöpfe kontrollieren. Da hatten sie sich viel vorgenommen, auf dem Gelände wimmelte es nur so von Zirkusleuten!

»Was meinst du, nehmen wir uns den da zuerst vor?« Anne stieß Hardy mit einem Kopfnicken den Ellenbogen in die Seite. Sie hatte sich erbarmt, mit ihm auf Beobachtungstour zu gehen.

Hardy war beeindruckt. »Du meinst den Typen mit den Stelzen da? Alle Achtung. Ich könnte nicht mal auf den Dingern stehen und der jongliert dabei noch mit … mit wie vielen Bällen jongliert der eigentlich? Kannst du das erkennen?«

»Klar kann ich das erkennen«, erklärte Anne beim Näherkommen. »Es sind fünf.« Was sie aber nicht genau erkennen konnte, war, ob dem Mann mit den Stelzen ein Knopf an der Jacke fehlte. Ganz abgesehen davon, dass der Artist mit seinen Stelzen einfach zu groß war und der Blickwinkel nicht stimmte, war sein Revers verdreht, und außerdem lenkten die fliegenden Bälle Annes Blicke immer wieder ab.

Aber da zwinkerte Hardy Anne zu und tat dann so, als würde er über seine eigenen Füße stolpern. Dabei touchierte er den Stelzenmann leicht und der ließ prompt einen Ball fallen.

»Hoppla, sorry«, sagte Hardy.

Der Jongleur stieg von seinen Stelzen, um den Ball aufzuheben. Er wirkte leicht genervt, sagte aber nichts.

Doch Anne packte die Gelegenheit beim Schopfe und dem Mann ans Revers. Nein, da fehlte kein Knopf! »Äh, schöne Jacke haben Sie da«, stammelte Anne. »Total weich und so … Gibt's die vielleicht auch in meiner Größe?«

Während der Mann behände wieder auf die Stelzen stieg, schenkte er Anne ein süffisantes Grinsen. »Was hast'n du für 'ne Größe? XXS oder was?«

Aber Anne konterte kokett. »Sehr witzig. Manche Menschen verfügen über mehr Größe, als es scheint. Bei anderen ist es umgekehrt.«

George hatte sich inzwischen zu den Kartenspielern gesellt, um deren Jacken zu inspizieren. Sie tat so, als sei sie an dem Spiel interessiert, dabei hatte sie nur Augen für die Knöpfe. Aber da war alles in Ordnung.

»Und? Ein Spiel gefällig, junges Fräulein?«, fragte der eine.

»Seh ich aus wie ein Fräulein?«, erwiderte George schnippisch.

Der Mann grinste. »Eigentlich nicht.«

»Eben!«, sagte George und drehte auf dem Absatz um. Sie suchte mit ihren Augen das Gelände ab. Wo steckte bloß Julian? Julian fand sich gerade einem Gewichtheber gegenüber, der mit Muskelpaketen ausgestattet war, dass es ihm fast den Atem raubte. Allerdings war der Mann ziemlich untersetzt, was auch ein wenig lächerlich aussah, wie Julian fand. Aber was viel wichtiger war: An seiner Jacke fehlte ein Knopf!

Julian stockte der Atem. Konnte das der Mann sein, den sie suchten? Was war jetzt zu tun? Der Kerl war sicher nicht ohne …

Staunend beobachtete Julian, wie der Mann prustend und schwitzend ganz langsam eine eindrucksvolle Langhantel in die Höhe hievte. Julian konnte sehen, wie die Muskeln unter der glänzenden Haut spielten, und dann blähte der Mann seinen Brustkorb auf. Und da passierte es. Nacheinander sprangen alle Knöpfe von seiner Jacke und hüpften klimpernd auf den Boden!

Julian wusste nicht, ob er enttäuscht oder erleichtert sein sollte, denn jetzt erst sah er, dass dort auch schon der erste fehlende Knopf lag.

Plötzlich ließ der Gewichtheber die Hantel fallen und zwinkerte Julian schelmisch zu. »Willste auch mal?«

Julian drehte sich verwirrt um, aber da stand keiner. Wollte der Mann ihn auf den Arm nehmen? Unsicher deutete er mit dem Daumen auf sich selbst. »Ich? Meinen Sie mich? Also, ich glaube nicht, dass …«

Aber der Muskelprotz ließ keine Ausreden gelten und winkte Julian zu sich heran. »Ja, na klar, komm schon.«

Zögernd trat Julian an die Hantel heran. Eigentlich wollte er sich nicht zum Gespött machen, aber da nun außer diesem Typen und ihm niemand anwesend war, griff er beherzt zu und … siehe da …

»Ey, das Ding ist ja federleicht!«, staunte Julian. »Ist das aus lackiertem Styropor oder was?«

»Was denkst du denn?« Der Bodybuilder grinste ihn verschmitzt an.

In diesem Moment trat George neben ihn.

Die kommt mir gerade recht, dachte Julian amüsiert. Sofort begann er zu keuchen und zu stöhnen und zu seinem eigenen Erstaunen traten ihm kleine Schweißperlen auf die Stirn. Mit gequälter Miene spannte er alle Muskeln an und ließ das Gewicht unter vermeintlicher Anstrengung ganz langsam zu Boden sinken, als habe er Angst, es sich auf die Füße fallen zu lassen.

»Wow!«, rief George total begeistert. »Hast du trainiert?«

Julian zwinkerte dem Gewichtheber aus dem Augenwinkel zu und drehte sich dann zu George um. »Äh, ein bisschen.« Julian tat geschmeichelt und ärgerte sich, dass er nicht auf Kommando erröten konnte. »Aber du kannst die Kinnlade jetzt wirklich wieder hochklappen«, sagte er und zog George weiter.

Die Sonne blendete sie. Vor einem der Schaustellerwagen stand jetzt ein Lieferwagen.

»War der vorhin auch schon da?«, fragte George.

Julian zuckte mit den Schultern. »Ich hab keine Ahnung. Aber guck mal da!«

Ein Clown kam aus dem Wagen gesprungen. Er hatte es offenbar eilig, denn er nahm die kleine Stufenleiter in einem Satz und schlüpfte im Gehen in seine Jacke. Sein Gesicht war so stark geschminkt, dass man nicht erkennen konnte, wer es war.

»He, die Jacke!«, zischte George, und auch Julian hatte mit einem Blick erfasst, dass daran ein Knopf fehlte.

George packte Julian am Arm. »Los, hinterher. Aber unauffällig.«

Julian schüttelte ihre Hand ab. »Nee, ich wollte eigentlich laut singend hinter ihm herstolzieren.«

George zeigte ihm einen Vogel. Dann huschten sie hinter den nächsten Wagen und dann wieder hinter den nächsten und dann … stellte sich ihnen der Zirkusdirektor in den Weg.

Hm, dachte George verärgert, das mit dem Unauffällig-Hinterherhuschen müssen wir wohl noch mal üben!

»Na, ihr beiden?«, sagte der Direktor und zwirbelte sich die Bartspitzen. »Interessant hier, nicht wahr?«

»Äh … ja«, stammelte George und versuchte krampfhaft, den Clown nicht aus den Augen zu verlieren. Sie wippte nervös auf den Füßen vor und zurück, denn sie fühlte sich irgendwie ertappt. Der Direktor bemerkte ihren suchenden Blick und versuchte, ihn mit seinem einzufangen. Ob mit diesem Mädchen irgendetwas nicht stimmte?

Jetzt bloß nicht unhöflich sein, dachte George. »Wirklich hochinteressant hier.«

Damit gab sich der Direktor offenbar zufrieden. »Na dann«, sagte er und tippte sich mit Zeige- und Mittelfinger zum Gruß an die Schläfe.

»Mist!«, fluchte George, als der Direktor außer Hörweite war. »Und wo ist der Clown jetzt hin?«

Der bunte Mann war nirgendwo zu entdecken.

»Er kann eigentlich nur dahinten hingegangen sein«, mutmaßte Julian. Auf der anderen Seite des Zirkusgeländes waren mehrere Schaustellerwagen gruppiert wie eine kleine Wagenburg.

»Also los, versuchen wir unser Glück«, flüsterte George und spurtete los.

Diesmal gelang es ihnen besser, unauffällig über das Gelände zu schleichen, und sie schafften es, unbemerkt zwischen den Wagen in Deckung zu gehen. Julian und George hatten beide den gleichen Gedanken. Ihnen war aufgefallen, dass sämtliche Wagen Dachfenster besaßen. Also nichts wie rauf auf die Wagen! Das war nicht weiter schwierig, denn an den Seiten waren kleine Leitern angebracht. Sie mussten einfach nur furchtbar leise sein, wie Katzen mit Samtpfoten.

»Boa, pass bloß auf«, zischte Julian beinahe lautlos, als er bäuchlings über eines der Wagendächer robbte. »Das sieht nicht besonders stabil aus.«

George hob den Daumen. Das war ihr klar!

Julian musste schmunzeln, als er durch das kleine Fenster schielte. Der Muskelmann balancierte nämlich gerade sein Gewicht auf zwei Fingern, während er mit der anderen Hand ein Handy hielt und telefonierte.

Gut, dass George hinter mir ist, dachte Julian und atmete tief durch. Schnell warf er einen Blick zurück über die Schulter.

George nickte ihm aufmunternd zu und wollte wissen, was er beobachtet hatte. »Äh … nix«, flüsterte Julian und robbte schnell weiter. Doch als Julian durch die nächste Luke spähte, zog er die Nase sogleich angewidert wieder zurück. Da saß der Akrobat auf dem Klo und griff nach dem Papier!

»Lass mich auch mal gucken!«, zischte George.

Aber Julian hob die Hand, damit sie keinen Zentimeter weiter rutschte. »Das willst du nicht sehen, glaub mir.«

Aber er hätte George besser kennen müssen. Die Neugier siegte. Selber schuld, dachte Julian, als er Georges angeekelte Miene sah, und kroch weiter.

»Ich hätte besser auf dich hören sollen«, wisperte sie.

»Sowieso«, antwortete Julian.

Da, die nächste Luke war nicht weit. Auch sie stand offen. Wie zwei Salamander schlängelten sich die beiden auf dem heißen Wagendach hinüber.

Vorsichtig spähten sie über die Kante. Der Clown! Sie mussten sich ganz schön zusammenreißen, um den Jubel zu unterdrücken. Julian ertappte sich dabei, dass er beinahe vergaß zu atmen, als er beobachtete, wie sich der Clown und die Schlangenfrau innig umarmten. Es war ihm zugegebenermaßen etwas peinlich, zumal die beiden nun begannen, sich gegenseitig die Jacken auszuziehen. Gerade wollte er den Blick abwenden, da hörte er, wie die Frau, die sich vorhin bei ihrem Training noch so abenteuerlich verrenkt hatte, sagte: »Hey, dir fehlt ja ein Knopf!«

»Ach, Mist, wie kann das denn sein?«, schimpfte der Clown.

Julian spürte, wie sein Herz aufgeregt gegen das Wagendach trommelte, und nickte George mit Siegermiene zu.

»Wir haben ihn!«, flüsterte George.

»Den schnappen wir uns!«, zischte Julian kaum hörbar.

»Aber wie?«, fragte George mit leicht verzweifelter Miene. »Wir sollten die anderen beiden holen und … He, schau mal, da kommt ja Anne. Die wird staunen.«

Julian musste im grellen Licht blinzeln. »Was hat sie denn, sie sieht ganz aufgeregt aus.«

Als Anne sie entdeckte, wollte sie ihnen etwas zurufen, aber sie machten ihr ein Zeichen, leise zu sein, und deuteten auf die Luke im Dach des Wagens.

Anne hielt sich die Hände wie einen Trichter an den Mund und flüsterte: »Kommt runter! Da drüben am Imbisswagen ist unser Mann! Beeilt euch.«

Julian schüttelte heftig den Kopf, um ihr zu sagen, dass das nicht sein könne. »Nein, der ist hier drin!«

Plötzlich knirschte es heftig unter ihm und George. Erschrocken horchten sie auf. Da hörten sie die Stimme des Clowns durch die Luke sagen: »Ach, jetzt wo du es sagst … Das ist ja gar nicht meine Jacke, sondern Fils. Die muss ich wohl vorhin vertauscht haben.«

Völlig regungslos starrten sich George und Julian an. Der Clown war also doch nicht ihr Mann! Außerdem wagten sie kaum, sich zu bewegen, denn schon wieder knirschte es gefährlich laut unter ihnen.

Julian streckte die Hand nach der Reling der kleinen Leiter aus, um sich vorsichtig vom Dach zu ziehen, doch im selben Moment passierte es. Mit einem lauten Krachen gab das Dach des Schaustellerwagens unter ihnen nach.

George warf Anne noch einen letzten verzweifelten Blick zu und schaffte es dann gerade noch, den Arm vor das Gesicht zu reißen, um sich nicht zu verletzen. Dann kriegte sie die Auswirkungen des freien Falls mit all seiner Macht zu spüren, bis sie von dem breiten Bett gebremst wurde, in dem sich der Clown gerade mit der Schlangenfrau räkelte.

So schnell wie möglich rappelten Julian und George sich wieder auf und Julian keuchte ein »Entschuldigung!« in die verdutzten Gesichter der beiden Zirkusleute. Dann suchten sie das Weite.

Hardy kam schon auf sie zugerannt und wedelte wild mit den Armen. »Los, zu den Fahrrädern!«

Aha, das musste dann wohl der Kerl sein, von dem Anne gesprochen hatte, dachte Julian, als er einen jungen Mann sah, der sich gerade einen Pizzakarton auf den Gepäckträger eines uralten Mofas klemmte und davoneierte.

Der Clown hatte, da er immer noch seine übergroßen Clownsschuhe trug, ihre Verfolgung inzwischen aufgegeben. Er hielt nur noch drohend seine Faust erhoben und brüllte ihnen hinterher: »Kommt sofort zurück, das finde ich nicht witzig!«

Julian fragte sich, woher Anne wusste, dass es sich bei dem Kerl mit der Hakennase und dem Dackelblick um einen der Entführer handelte. An dem fehlenden Knopf konnte sie ihn schließlich nicht erkannt haben, der Clown hatte ja die Jacken vertauscht.

»Warum bist du dir so sicher, dass das der Typ ist, den wir suchen?«, fragte Julian, während sie sich auf ihre Fahrräder schwangen.

»Wegen der Pizza!«, keuchte Anne.

»Wegen der Pizza?« Julian meinte, sich verhört zu haben.

»Ja klar!«, antwortete Anne, als sei es das Natürlichste von der Welt, Menschen an einer Pizza zu erkennen.

»Würdest du mir das mal genauer erklären?«, bat Julian.

»Also, Hardy und ich haben am Imbisswagen gestanden, weil wir euch gesucht haben und so«, erklärte Anne. »Dann haben wir von der Frau eine Tüte gebrannte Mandeln geschenkt bekommen. Fand ich voll nett.«

»Komm zum Punkt!«, drängte Julian.

»Ach so, ja, jedenfalls kam da dieser Typ an und hat eine Pizza bestellt, und da hat die Frau gesagt, irgendein *Alter* sei mächtig sauer auf ihn und noch wen.«

»Anne!«, schimpfte Julian. »Das erklärt noch nicht, wieso du …«

»Die Erklärung!« Anne war inzwischen ziemlich außer Atem. »Rate, was auf die Pizza draufsollte!«

»Ist das jetzt ein Quiz oder was?« Julian wurde langsam ungeduldig.

»Thunfisch, Ananas, Ei, Salami, Spinat und Knoblauch«, zählte Anne auf. »Und der Typ hat gesagt, es sei nicht sein Geschmack. Na, fällt der Groschen?«

Natürlich fiel der Groschen! Das war Dicks Spezial-Pizzabelag! Und wenn diesem Mann dieser Belag ebenso wenig gefiel wie ihnen, dann konnte das nur bedeuten, dass er auf dem Weg zu Dick war, um ihm die Pizza zu bringen.

Kapitel 5

»Gut gemacht, Anne!«, lobte Julian. »Also, deine Kombinationsgabe …«

Hardy lenkte sein Rad neben Julians und fragte: »Kann mir mal einer erklären, was Sache ist?«

Der Mann mit der Pizza fuhr nun in einem gemächlichen Tempo, sodass es für die Freunde ein Leichtes war, mit ihm mitzuhalten. Während Julian Hardy von Dicks Geschmacksverirrungen in Sachen Pizza berichtete, hing Anne ihren Gedanken nach. Sie mochte kaum glauben, was Hardy ihr vorhin erzählt hatte, als sie sich in eine Hollywood-Schaukel gesetzt hatten, um in Ruhe ihre gebrannten Mandeln zu essen und auf Julian und George zu warten. Wie anders war doch Hardys Leben als ihr eigenes. Er wohnte tatsächlich die meiste Zeit mit dem Butler allein, allein in dieser riesengroßen feudalen Villa! Hardy tat Anne irgendwie leid, aber Hardy wollte kein Mitleid. Er hatte Anne erklärt, er könne sich ganz gut mit sich selbst beschäftigen und schließlich habe er ja auch Roby. Sein Vater sei viel auf Reisen. Von seiner Mutter hatte er kein Wort gesagt.

Na ja, dachte Anne, wie gut er damit klarkam, so viel allein zu sein, sah man ja daran, wie wichtig es ihm offensichtlich war, die Zeit mit Julian, Dick, George und Timmy zu verbringen. Ja, auch wenn Hardy das nicht wollte, er tat ihr trotzdem leid.

»Hey, seht mal da!«, rief George plötzlich und riss Anne aus den Gedanken. Der Mann fuhr auf ein burgähnliches Anwesen zu, das von hohen Bäumen und Büschen umgeben war.

»Was ist das?«, fragte Julian.

Hardy war wie die anderen stehen geblieben und hatte sich hinter einer Mauer versteckt. »Das Eulennest!«, sagte er.

Eine Weile beobachteten sie, wie der Mann mit dem Mofa die Zufahrt zur Burg hinauffuhr.

»Das Eulennest gehört dem alten Grafen Montgomery Hamingham. Der ist allerdings jeden Sommer in Alaska zum Lachsfischen …«

Anne kombinierte. »Aha, dann steht das Haus also leer?«

Hardy nickte. George musste angestrengt in die Abendsonne blinzeln, um das Geschehen weiter beobachten zu können. Jetzt zog der Mann etwas aus der Tasche, offenbar eine Fernbedienung, und öffnete damit das alte schwere Holztor, das sich träge zur Seite schob.

Etwas eierig schlingerte er hindurch, stellte das Mofa auf dem Burghof ab und sprang dann lässig die Stufen einer Steintreppe hinauf, wobei er den Pizzakarton auf einer Hand balancierte.

George konnte erkennen, dass er mit der anderen noch einmal die Fernbedienung betätigte. »Ein idealer Ort, um hier jemanden versteckt zu halten«, schlussfolgerte George. »Und wenn ihr mich fragt, sollten wir uns sputen. Das Tor schließt sich wieder.«

Jetzt gaben sie Fersengeld und sprinteten auf den Eingang zu. Timmy rannte vorweg.

Anne glaubte, das Herz rutsche ihr in die Hose, als sie gerade noch so durch den Spalt zwischen den Torflügeln huschte. Sie spürte, wie ihr das von der Sonne aufgewärmte Holz über den nackten Arm strich. Geschafft!

»Und jetzt?« Anne blickte die meterhohen Burgmauern hinauf. Ein bisschen kam sie sich vor wie die Figur in einem Computerspiel: Suche den Weg in das Innere der Burg und du erreichst das nächste Level!

»Los, da lang!«, entschied Julian und lief links um die Mauer herum. Die anderen folgten ihm auf dem Fuße. Die Mauer schien kein Ende zu nehmen. Aber irgendwo musste es neben dem Haupteingang doch noch eine Möglichkeit geben …

Schließlich gelangten sie an einen kleinen Torbogen, der links und rechts von großen Eulen aus verwittertem Stein bewacht wurde. Die Skulpturen schauten finster drein, ihr Blick schien sie zu verfolgen. Die Zweige der alten Bäume warfen im Licht der untergehenden Sonne nervöse Schatten auf die Mauer.

Anne schüttelte sich und blickte sich ängstlich um. »Ist ja echt gruselig.«

»Kann man wohl sagen«, erwiderte Hardy. Doch er meinte keineswegs die schaurige Umgebung, sondern starrte verärgert auf sein Smartphone, das er eben aus der Tasche geklaubt hatte. »Null Empfang hier.«

»Ob es hier Gespenster gibt?«, flüsterte Anne.

Julian sah seine Schwester nachsichtig an. »Anne, es gibt keine Geister.«

Hardy löste seinen Blick von dem kleinen Display und sah in die Runde. »Na ja, also die Wissenschaft ist sich da nicht einig. Wusstet ihr eigentlich, dass viele paranormale Aktivitäten bis heute ungeklärt sind und …«

George, Julian und Anne blieben abrupt stehen. Der klang ja wie Dick, wenn er zu Höchstform auflief!

Hardy reagierte zu spät und krachte in Julian hinein. »Hey, was ist denn los?«

»Was würd ich darum geben, wenn er jetzt bei uns wäre«, seufzte Anne und sah hinüber zu Julian und George. »Ich würde mir seinen Quatsch den ganzen Tag anhören.«

»Wochenlang«, bestätigte George.

»Na, nun übertreibt mal nicht«, sagte Julian.

»Aber …«, begann Hardy und zeigte mit dem Daumen auf seine Brust.

Julian tippte ihm an die Stirn. »Wir reden von Dick, du Schlaumeier.«

Dann folgten sie George durch den Torbogen, in dessen Nische tief im Schatten eine Tür aus dunkel glänzendem Holz verborgen lag.

Mit einem Blick hatten sie erfasst, dass die Tür mit einem soliden Vorhängeschloss versperrt war, doch George zögerte nicht lange, griff kurzerhand nach einem Stein, der aus der Mauer gebrochen war, und schlug damit auf das Schloss ein. Unter den bewundernden Blicken der anderen brauchte sie nur drei, vier kräftige Schläge und das Schloss fiel klimpernd zu Boden. Das wäre geschafft.

»Los, rein hier!«, kommandierte sie und schob die Tür auf, die schaurig in den Angeln quietschte, als könnte sie sich nur unter großen Schmerzen bewegen. Feuchte, modrige Kellerluft schlug ihnen entgegen.

Anne stockte kurz der Atem, dann schlüpfte auch sie durch die Tür, den anderen hinterher. Was würde sie in diesen alten Gemäuern erwarten?

Dieser Max ging Dick wirklich gehörig auf die Nerven mit seinem blöden Lied.

Inzwischen war die Sonne untergegangen, und Dick hockte noch immer in dieser Abstellkammer und hatte das Strichemachen längst aufgegeben. Und noch immer warfen die Petroleumlampen flackernde Schatten auf die Wände und war von den Freunden nichts zu hören und zu sehen.

Die Pizza hatte ganz gut geschmeckt – der Belag stimmte –, wenn sie auch schon fast kalt gewesen war, als Fil sie ihm endlich gebracht hatte. Aber jetzt war Dick einfach nur satt und ließ das letzte Stück wieder auf den durchweichten Pizzakarton fallen. Er schnaufte hörbar aus. Max war die ganze Zeit über vor ihm hin- und hergerannt wie ein aufgescheuchtes Huhn und hatte von diesem Lied gefaselt.

»Was ist jetzt? Singst du jetzt?«, fragte er erneut, als er sah, dass Dick den letzten Bissen geschluckt hatte.

Dick legte den Karton neben sich auf die Pritsche und streckte sich erst einmal gemächlich. Eigentlich machte es auch großen Spaß, diesen Max an der Nase herumzuführen, er war doch selbst schuld, wenn er ihm nicht glaubte!

»Ich würde ja gern«, sagte Dick und gähnte herzhaft. »Aber ich komm einfach nicht drauf. Ich brauch einen Nachtisch. Was Süßes. Vielleicht würde ein Spaghetti-Eis helfen, meine Hirnareale zu aktivieren und die Synapsen zu verknüpfen.«

Daraufhin stellte Fil sich breitbeinig vor ihn hin, verschränkte die Arme und fragte: »Was denn jetzt? Spaghetti oder Eis?«

Jetzt platzte Max der Kragen, wobei Dick nicht ganz einzuschätzen vermochte, ob er sich so über seinen einfältigen Bruder aufregte oder über Dicks Sturheit. Er packte einen der Holzstühle und schmetterte ihn mit voller Wucht gegen die Wand, sodass der Stuhl in tausend Stücke zerbrach. Dick ging vorsichtshalber in Deckung.

»Wenn du glaubst, hier auf Zeit spielen zu können, hast du dich geschnitten!«, brüllte Max wie ein wild gewordener Stier. »Wenn alles glattgeht, wird Rookey morgen früh hier sein. Und dann wirst du singen wie ein kleines Vögelchen. Das garantier ich dir.«

»Der ist nämlich nicht so nett wie wir«, sagte Fil und nickte nachdrücklich.

Rookey, wer ist denn jetzt schon wieder Rookey?, fragte sich Dick verwirrt.

Wieder beugte sich Max so nah zu Dick herab, dass ihm dessen unangenehmer Atem ins Gesicht schlug und Dick versuchte, sich abzuwenden. Doch Max kniff ihm in die Backe. Dick hielt still.

»Rookey freut sich schon auf dich. Er hat ja noch eine Rechnung mit dir offen«, fauchte er.

Eine offene Rechnung? Mit einem Mal spürte Dick, wie ihm das Blut in den Kopf stieg. Das klang aber nicht gut! Nein, ganz und gar nicht!

Max fixierte ihn durchdringend, als plötzlich von irgendwoher eine Art Poltern und Scheppern zu hören war.

»Was war das?«, fragte Fil unsicher.

»Keine Ahnung«, knurrte Max und ließ von Dick ab. »Ich geh mal nachsehen.«

Mit schweren Schritten stapfte er zur Tür, riss diese unsanft auf und verließ den Raum.

Nachdenklich sah Dick dem Ganoven nach. Ob das womöglich Julian, Anne und George waren?, dachte er und wandte sich seiner Strichliste an der Wand zu. Wurde aber auch langsam mal Zeit.

Dick warf einen verstohlenen Blick auf Fil. Bis jetzt hatte er ja noch nicht besonders viel aus ihm herausbekommen können, aber vielleicht sollte er es weiterhin versuchen. Besonders helle war der ja nun wirklich nicht.

Plötzlich kam Fil zu ihm herübergeschlendert. Zunächst schaute er Dick ein wenig verlegen an, dann zog er etwas aus der Hosentasche.

Dick richtete sich auf. Was geht denn jetzt ab?, wunderte er sich.

Zack. Auf einmal steckte mitten in Fils Gesicht eine Clownsnase!

Schmunzelnd beobachtete Dick, wie Fil sich ein rotes Tuch in den linken Ärmel steckte und dieses direkt danach aus dem rechten wieder herauszog. Aus dem linken Ärmel zupfte er nun ein grünes.

Fil verbeugte sich. Dick klatschte Beifall. So konnte man sich prima die Zeit vertreiben.

Daraufhin zauberte Fil Dick eine Spielkarte hinter dem Ohr hervor. Wo kam die denn jetzt her?

»Nicht schlecht«, sagte Dick anerkennend.

»Danke, danke, einen hab ich noch«, erwiderte Fil und griff in seine Gesäßtasche, aus der er einen sich entfaltenden Blumenstrauß zog.

»Hier, riech mal«, forderte Fil Dick auf und hielt ihm die künstlichen Blumen unter die Nase.

Hätte ich mir ja denken können, dachte Dick und lachte gequält, als ihm aus einer der Blumen Wasser ins Gesicht spritzte. »Sehr lustig.«

»Ja, oder?« Fil kriegte sich kaum ein vor Lachen. Er freute sich wie ein kleines Kind, dass ihm der Spaß gelungen war. »Ich wollte ja schon immer Clown werden«, erklärte er, als er sich wieder gefangen hatte, und wischte sich die letzten Lachtränen aus den Augenwinkeln. »Aber mein Bruder meint, das wäre kein Beruf.«

Dick lachte auf. »Aber Verbrecher, oder wie?«

Fil hielt mitten in der Bewegung inne und sah Dick einen Moment lang nachdenklich an, sagte aber nichts.

In diesem Augenblick kam Max zurück ins Zimmer geschossen. Fil riss sich hektisch die Clownsnase aus dem Gesicht und wurde rot.

Aber irgendetwas schien Max doch mitbekommen zu haben und sah mit misstrauischem Blick von einem zum anderen. Dick spürte es förmlich knistern. Nein, auf einen weiteren Wutausbruch dieses blonden Affens hatte er nun wirklich keine Lust.

Außerdem war es sicher schlau, Fil in dem Glauben zu lassen, Dick habe viel Verständnis für den unverstandenen älteren Bruder. Er war ja nie um einen Kommentar verlegen und wischte sich nun theatralisch ein paar imaginäre Tränen aus den Augenwinkeln. »Dein Bruder hat mich gerade ganz schön in die Mangel genommen«, stöhnte er.

Dick war sich nicht sicher, ob Fil so viel Verstand besaß, das Spiel mitzuspielen. Aber zu seiner Erleichterung blinzelte er ihm nur überrascht zu und stammelte dann: »Äh ja… Ich bin nämlich …«

Dick verdrehte die Augen. Was auch immer Fil damit sagen wollte.

Doch genau in diesem Moment musste Max heftig niesen. »Gesundheit!«, rief Fil, froh, das Thema wechseln zu können. »Hast du dich etwa erkältet?«

Aber Max schüttelte verärgert den Kopf. Seine Nase leuchtete jetzt fast so rot wie Fils Clownsnase. »Nee, muss meine Allergie sein«, schniefte er und schnäuzte sich erst einmal kräftig. »Ich bin einer von Haminghams Katzen über den Weg gelaufen, die muss da vorhin wohl so rumgescheppert haben.«

»Hä?« Fil verzog den Mund zu einer schiefen Fratze. »Ich dachte, du bist nur gegen Hunde allergisch.«

»Ja, das dachte ich auch.« Max fuhr mit der Hand durch die Luft, als wollte er einen Schwarm Fliegen verscheuchen. »Aber siehst du hier etwa einen Hund?«

Hund! Es machte Klick in Dicks Kopf, und ehe er sich die Hand vor den Mund schlagen konnte, hatte er leise Timmys Namen geflüstert.

Die Brüder hatten es gehört.

»Was hast du da gerade gesagt?«, wollte Max wissen.

»Äh, nichts«, beeilte Dick sich zu sagen. »Also, ich

meine … Tim … Timbuktu! Wusstet ihr eigentlich, dass Timbuktu eine Oasenstadt mit 54 453 Einwohnern ist und der Name eigentlich *Brunnen der Buktu* bedeutet?« Dick grinste von einem Ohr zum anderen.

Oh nein, nicht schon wieder, dachte Dick, als Max ihm erneut unangenehm nahe kam und in beide Wangen kniff. »Was du nicht alles weißt«, säuselte er. »Und ausgerechnet das Liedchen willst du vergessen haben?«

Aber dann ließ er wieder von ihm ab. Dick hatte die Lippen fest zusammengepresst.

Max schüttelte sich kurz, als müsse er seine Gedanken an die richtige Stelle rücken. »Wo war ich stehen geblieben?«, fragte er seinen Bruder.

Fil überlegte einen Moment, dann deutete er auf den Fußboden. »Hier. Direkt neben mir!«

Dick musste die Lippen noch fester zusammendrücken, um nicht laut loszulachen. Dieser Typ ist wirklich unglaublich, dachte er.

Auch Max schienen die Worte zu fehlen. Er sah seinen Bruder ungläubig an, setzte an, etwas zu sagen, ließ es dann aber kopfschüttelnd sein. Er winkte resigniert ab. »Los, hauen wir uns aufs Ohr, wir müssen morgen fit sein.«

Erwartungsvoll richtete Dick sich auf. Jetzt würde Fil sich doch sicher selbst eine Backpfeife geben!

Aber da hatte Max ihn auch schon zur Tür hinausgeschoben.

Dick ließ sich, die Arme hinter dem Kopf verschränkt,

rückwärts auf die Pritsche sinken. Gerne hätte er jetzt das kleine Fenster geöffnet, durch das das Mondlicht fiel. Aber es war vergittert. Dick gähnte müde. Die Kopfhaut unter seiner Mütze begann schon zu kribbeln, aber er dachte gar nicht daran, sie abzunehmen. Er war froh, dass Max und Fil endlich abgehauen waren. Ob Timmy tatsächlich hier irgendwo herumstromerte und mit ihm Julian, Anne und George? Er hoffte es jedenfalls sehr.

Kapitel 6

Eigentlich waren wir aufgebrochen, um an einem schönen Plätzchen draußen in der freien Natur zu zelten, dachte Anne. Und jetzt? Jetzt stand sie dicht an Hardy gequetscht in einem – Schrank. So hatte sich Anne ihre Ferien ganz bestimmt nicht vorgestellt.

Scheinbar endlos waren sie in dem alten Kellerlabyrinth herumgeirrt, nachdem George die Tür aufgebrochen hatte. Anne kriegte jetzt noch Niesreiz, wenn sie an das alte Gewölbe dachte. Komplett vollgestellt war der Keller gewesen mit Gerümpel aller Art und natürlich hatte dort seit Ewigkeiten niemand mehr sauber gemacht. Alles war mit einer dicken Schicht aus Staub und Spinnweben bedeckt gewesen und moderte in der feuchten Luft vor sich hin. Endlich hatten sie die ausgetretenen Steinstufen entdeckt und waren hoch ins Hauptgebäude geschlichen, wo sie eine geschwungene

Wendeltreppe in den ersten Stock führte. Hardy hatte sich natürlich vordrängeln müssen und war – oben angekommen – in seinem Übereifer in eine alte Ritterrüstung gekracht.

Ohne groß darüber nachzudenken, hatten sie sich alle auf die Knie fallen lassen und fieberhaft angefangen, die Blechteile wieder einzusammeln, die überall auf dem Boden verstreut lagen. Oh Mann, was für ein Puzzle war das gewesen! So schnell sie konnten, hatten sie die Teile wieder aneinander- und ineinandergesteckt, in der Hoffnung, bloß keines zu vertauschen.

Und keine Sekunde zu früh waren sie damit fertig geworden, denn schon waren von oben Schritte zu hören. Schnell waren sie in das nächstbeste Versteck geschlüpft.

»Ach, du lieber Lancelot!«, wisperte Julian, der zusammen mit George in eine alte Eichentruhe geklettert war. Er hob den schweren Deckel ganz leicht und spähte durch den Schlitz. »Da liegt noch einer der Schulterflügel.«

»Pst!« George hielt ihm den Zeigefinger vor den Mund, denn im selben Moment kam jemand die Treppe heruntergestapft. Ein kräftiger junger Mann mit Dreitagebart und einem ziemlich genervtem Gesichtsausdruck. Er blieb vor dem Stück Blech stehen und schob es mit der Fußspitze an.

George stutzte. Warum guckte der denn jetzt so komisch? Eine Sekunde später wusste sie es. Der Kerl musste niesen, und zwar so heftig, dass sie Sorgen haben musste, dass die Rüstung von der Druckwelle wieder auseinanderflog.

Im selben Moment kam eine kleine schwarz-weiße Katze ängstlich miauend um die Ecke geflitzt.

Der Mann trat nach ihr und brüllte: »Hau ab, du Mistvieh!«

Arme kleine Mieze, dachte George, aber danke, dass du uns gerettet hast!

Kaum war der Mann wieder die Treppe hinauf verschwunden, schoben Julian und George den Deckel auf und kletterten aus der Truhe. »Puh, was ein Mief hier drinnen«, stöhnte Julian naserümpfend.

»Und knapp war das!« George schlug sich den Staub von den Händen.

Auch Anne und Hardy zwängten sich aus dem engen Schrank. Hardy war zufrieden. »Jetzt wissen wir wenigstens, in welcher Richtung wir weitersuchen müssen«, stellte er fest.

»Los, hinterher!«, rief Julian. »Worauf warten wir noch?«

Anne breitete die Arme aus. »Auf Timmy. Wo steckt er nur?«

Leise fiepend kam er unter einem Löwenfell hervorgekrochen, unter das er sich geflüchtet hatte, und zusammen stürmten sie die Treppe hinauf. Am Ende erwartete sie ein unendlich langer Flur, von dem unzählige Räume abgingen. Von dem Mann war weit und breit nichts mehr zu sehen.

»Mist!«, fluchte George leise. »Hier fällt es einem wirklich nicht schwer, sich in Luft aufzulösen.«

»Dick muss hier irgendwo versteckt sein ...«, flüsterte Julian.

George nickte in Richtung der abgehenden Zimmer. »Also, dann los. Aber leise!«

Aber wie immer, wenn man versuchte, möglichst leise zu sein, hatte man selbst den Eindruck, mit jeder Bewegung einen unüberhörbaren Lärm zu verursachen. Holzdielen knarrten, man stieß gegen einen Stuhl, Türklinken bewegten sich grundsätzlich nicht, ohne zu quietschen, und sogar der eigene Atem klang wie ein schleifender Ventilator, untermalt vom lauten Trommeln seines Herzschlags.

Zimmer für Zimmer wurde so von den Freunden inspiziert. Jedes Mal wenn sie eine der quietschenden Türen öffneten, schienen ihre Herzen vor Anspannung für einen Moment auszusetzen.

Doch die Aufregung war umsonst. Als sie schließlich im letzten Zimmer ankamen, einer Art Gästezimmer, waren sie ratlos. Keine Spur von Dick!

Anne gähnte und ließ sich müde auf einen antiken Stuhl nieder, der bei jeder Bewegung knarrte. »Mann, jetzt müssen wir doch langsam alles durchhaben«, jammerte sie.

Aber natürlich war ans Aufgeben gar nicht zu denken. Hier ging es schließlich um Dick!

»Schauen wir noch mal ein Stockwerk tiefer!«, entschied Julian dann auch und verließ als Erster den Raum.

Inzwischen waren sie allerdings so müde, dass ihre Konzentration etwas zu wünschen übrig ließ. Selbst Timmy bemerkte die Schritte auf der Treppe erst, als es beinahe zu spät war. Er stieß ein warnendes Fiepen aus, sodass sich die Freunde gerade noch rechtzeitig in einen Türsturz quetschen konnten, als das Licht auf dem Flur anging und der Kerl mit dem Dreitagebart auf der Bildfläche erschien. Diesmal war er jedoch nicht allein. Ein zweiter Mann folgte ihm, der etwas größer und schlaksiger war, eine Hakennase und einen Dackelblick hatte.

Ohne Frage war das der Pizzabote, den sie vom Zirkus hierher verfolgt hatten! Die Freunde erkannten ihn sofort wieder.

Verdutzt beobachteten die fünf, wie er einen Schlüsselbund aus der Tasche fischte, ihn in der Luft herumwirbelte, hochwarf und … fallen ließ.

Der andere klatschte spottend Beifall. »Na wunderbar, Fil«, sagte er mit gespielter Anerkennung. »Vielleicht kannst du mit dieser großartigen Nummer ja endlich im Zirkus auftreten.«

Fil hob den Schlüssel auf und strahlte über das ganze Gesicht. »Meinst du wirklich?«

Doch sein Gegenüber verdrehte nur ungläubig die Augen, riss ihm den Schlüsselbund aus der Hand und schob ihn unsanft in den nächsten Raum. Mit einem lauten Knall fiel die Tür hinter ihnen zu.

»Was sind denn das für Vögel?«, flüsterte Julian, der sich als Erster aus dem Versteck traute.

»Jedenfalls wissen wir jetzt, dass der Pizzabote Fil heißt und dass sie von da angeflattert kamen«, sagte George leise und deutete zur Treppe.

Hardy zuckte verständnislos die Schulter. »Aber da waren wir doch schon überall.«

Julian schlug sich mit der Faust in die hohle Hand und verengte die Augen zu Schlitzen. »Dann haben wir eben was übersehen.«

Also stürmten sie erneut die steinerne Treppe hinauf, aber immer noch war keine Spur von Dick zu entdecken.

Anne zuckte hilflos mit den Schultern. Sie war inzwischen unendlich müde. »Und was machen wir jetzt?«

Längst hatte sich die Nacht über das alte Gemäuer gesenkt und jetzt waren sie froh über Hardys Rucksack, in dem sich auch ein paar Taschenlampen befanden.

George dachte angestrengt nach. Dabei fiel ihr Blick auf Timmy, der sich vor ihr in Positur gesetzt hatte. »Timmy!« George ging vor ihm in die Hocke und streichelte ihm die Flanke. Genau, Timmy war die Lösung! »Vielleicht kann er die Fährte aufnehmen. Wir bräuchten nur etwas …«

George unterbrach sich mitten im Satz, als sie sah, dass Julian etwas aus der Knietasche seiner Cargohose zog. Er hatte doch tatsächlich die Plastiktüte mit den hermetisch abgeriegelten Stinkesocken von Dick dabei!

»… das nach Dick riecht!«, ergänzte er Georges Satz, bohrte die Zeigefinger in das Plastik und riss es auf. Sofort entströmte der Tüte ein widerlicher Gestank.

Julian, Anne und George reagierten reflexartig und hielten sich mit der Hand Mund und Nase zu.

Hardy war nicht so schnell. »Oh mein Gott, ich sterbe«, stöhnte er und vergrub die Nase in der Armbeuge. »Grundgütiger!«

George griff mutig mit spitzen Fingern nach einer Socke und hielt sie Timmy vor die Schnauze. »Timmy, du musst jetzt tapfer sein«, näselte sie.

Doch Timmy wusste sofort, was von ihm erwartet wurde, und hob witternd die Nase in die Luft. Dann senkte er sie wie einen Staubsauger auf den Boden und lief los.

»Er hat eine Fährte!«, rief Anne begeistert.

Im Gänsemarsch stiefelten die Freunde hinter Timmy her, der schnurstracks auf einen alten Wandschrank zusteuerte.

Die Freunde warfen sich fragende Blicke zu, aber als er an der Tür kratzte, öffneten sie ihn und entdeckten im Kegel der Taschenlampen hinter alten staubigen Kleidern einen Durchgang, der sie nach draußen auf eine Galerie und in einen alten Turm führte.

»Hey, hier scheint noch ein Zimmer zu sein«, flüsterte Julian.

In dem Raum war nichts Besonderes zu sehen außer vielen Antiquitäten, alten Bildern, die teilweise mit Laken abgedeckt waren, Rahmen und einem riesigen Gemälde, auf dem ein Adliger mit seinem Jagdhund zu sehen war.

Vor dem Bild legte sich Timmy platt auf den Boden und begann zu jaulen.

George schmunzelte. »Schon gut, Timmy, der Hund ist doch nur gemalt.« Sie streichelte ihm über den Kopf und versuchte, ihn wegzuziehen. Doch Timmy blieb hartnäckig vor dem Bild sitzen und fing sogar an zu bellen.

Anne tat Timmy leid. »Was hat er denn, der Arme?«

»Da!«, rief Julian plötzlich. »Da klopft jemand!«

Ja, jetzt hatten es auch die anderen gehört. Ein rhythmisches Schlagen, das an den Wänden widerhallte und aus allen Richtungen gleichzeitig zu kommen schien.

Hardy ließ den Blick durch den Raum wandern. »So was kenne ich. Das sind uralte Heizungsrohre, die können schon mal Geräusche machen.«

Aber Anne schüttelte energisch den Kopf. Plötzlich war sie wieder hellwach. »Heizungsrohre klopfen doch kein SOS!«

»Das muss Dick sein!«, riefen alle durcheinander.

Jetzt war George auch klar, warum Timmy nicht von dem Gemälde weichen wollte. Dass sie darauf nicht sofort gekommen war! Sogleich nahm sie es genauer unter die Lupe. »Hier muss es doch irgendwas geben …«

Eifrig begannen die Freunde zu suchen. Irgendetwas musste doch zu finden sein, das sie weiterbrachte.

Plötzlich stolperte George über einen der Bilderrahmen und krachte gegen Hardy, der versuchte, sich an einer kleinen goldenen Statue, die auf einer Säule stand, festzuhalten. Doch sie kippte um, fiel aber nicht auf den Boden, sondern legte sich wie ein Schalter nach hinten.

Und dann hörten sie ein leises Rattern und das Gemälde mit dem Jagdhund glitt langsam und quietschend zur Seite.

»Das ist mega!« Mit offenem Mund starrte Hardy dem Hund hinterher, der nun den Blick auf ein türgroßes dunkles Loch freigab.

»Eine Treppe!«, staunte George. »Ohne Timmy hätten wir die nie gefunden.«

Hardy warf George einen beleidigten Blick zu. Und ohne mich auch nicht, schien er in Gedanken hinzuzufügen.

Nachdem sie die Treppe hinuntergestürmt waren, fanden sie sich vor einer schweren Holztür wieder. Die war natürlich verschlossen.

Julian trommelte mit den Fäusten dagegen und rief Dicks Namen.

Von drinnen war gedämpft Dicks Stimme zu hören. »Ja, ich bin hier!«

»Dick, geht es dir gut?«, fragte Anne besorgt.

Jetzt war seine Stimme etwas deutlicher zu hören. Offenbar stand Dick nun unmittelbar auf der anderen Seite der Tür. »Alles okay, nur ein bisschen stickig hier drinnen! Ich bin so froh, dass ihr da seid.«

»Und wir erst«, antwortete Anne.

Wie gut, dass er sich wenigstens frische Socken angezogen hatte, dachte George einigermaßen belustigt, sonst würde er da drinnen vielleicht ersticken. Und Timmy hätte ihn nicht aufgespürt.

Julian rüttelte kräftig an der Tür. »Die kriegen wir nicht auf«, stellte er fest.

George kratzte sich nachdenklich am Kopf. »Wir brauchen also den passenden Schlüssel.«

Anne lehnte sich mit der Wange an das Türblatt. »Dick, was wollen die eigentlich von dir?«

»Die fragen mich ständig nach so einem Lied, das angeblich zum Grünen Auge führen soll«, kam von drinnen die Antwort.

Das Grüne Auge? Julian, George und Anne drehten sich zu Hardy um und sahen ihn fragend an. Was wusste er darüber?

Hardy zuckte zusammen, als sei ein Blitz in ihn gefahren. »Das Grüne Auge!«

»Ja, was hast *du* damit zu tun?«, fragte Julian.

Hardy zog die Schultern hoch und ließ sie mit dem nächsten Ausatmen ruckartig sinken. Er musste sich wohl kurz sammeln. »Es heißt, dass mein Ururururgroßvater, Archibald Kent, die Schwarze Katze gewesen sein soll, die das Grüne Auge versteckt hat.«

George boxte ihn gegen die Schulter. Das war ja ein Ding! »Wie, die Schwarze Katze war dein Vorfahr und du behältst das einfach so für dich?«

Hardy zuckte die Schultern und blickte ein wenig verlegen drein. »Na, sehe ich etwa aus wie jemand, der mit so was angeben würde?«

Jetzt mussten die anderen aber gehörig schmunzeln. Und auch Hardy rang sich ein Lächeln ab.

Jetzt wurde Dicks Stimme von drinnen wieder laut. »Hardy, was ist das für ein Lied, das da angeblich zum Grünen Auge führen soll?«

Hardy schüttelte den Kopf. »Sorry, ich weiß wirklich nicht, was die meinen.«

»Bist du sicher?« Dicks Stimme klang, als hätte er einen Wattebausch im Mund.

»Ja, ich habe echt keine Ahnung.«

Julian wurde ungeduldig. »Das klären wir später. Wir müssen jetzt den Schlüssel besorgen.«

»Ja, aber beeilt euch!«, rief Dick von drinnen. »Morgen früh soll hier ein gewisser Rookey auftauchen …«

Bei dieser Nachricht wich Hardy plötzlich sämtliche Farbe aus dem Gesicht. Er starrte die anderen entsetzt an. »Rookey!« Hardys Stimme klang auf einmal, als seien seine Stimmbänder aus Schmirgelpapier.

Die Sache scheint doch ernster zu sein als angenommen, schlussfolgerte Julian bei Hardys Anblick. Er trommelte kurz an die Tür. »Wir holen dich hier raus, Dick!«

»Versprochen?« Plötzlich schwang in Dicks Stimme auch eine gehörige Portion Angst mit, das war eindeutig.

»Natürlich!« Julian bemühte sich, Dick zu beruhigen. »Ich lass doch meinen Lieblingsbruder nicht hängen!«

»Danke, Julian«, sagte Dick.

»Bis gleich«, antwortete Julian. »Halte durch!«

Anne hatte ein mulmiges Gefühl. Dick tat ihr so leid. Sie konnte sich vorstellen, dass er drauf und dran war zu resignieren. Er konnte doch nichts tun außer warten und sich in sein Schicksal fügen. Und das passierte ausgerechnet Dick!

»Wo wir den Schlüssel suchen müssen, wissen wir ja«, erklärte Julian und erinnerte sie an den komischen Vogel, der das Kunststück mit dem Schlüsselbund versucht hatte. Fil.

Anne wurde es ganz mulmig bei dem Gedanken, dass sie in das Zimmer gehen mussten, wenn sie an den Schlüssel kommen wollten. Aber was hatten sie schon für eine Wahl?

Von drinnen hörten sie leise die Stimmen der beiden Männer, als sie sich vor deren Zimmertür drängten und die Ohrmuscheln an das Türblatt drückten. Die Typen waren also noch wach. Und es war nicht zu überhören, dass der eine ziemlich genervt war, weil Fil nicht aufhören wollte zu plappern. Das war wirklich ein sonderbares Gespann!

»Klappe jetzt!« Diese Worte waren deutlich zu hören.

Aber dann war wieder Fils Stimme zu vernehmen. Er faselte etwas davon, dass ihm der Junge leidtue. Doch so genau war das nicht zu verstehen.

Die Freunde waren sich einig, dass sie hier jetzt erst einmal nichts ausrichten konnten, und zogen sich den Flur hinunter zurück. Julian drückte eine Türklinke und die anderen folgten ihm in eines der Gästezimmer. Sie mussten warten, alles andere hatte keinen Sinn.

Julian hatte es sich auf einem der ebenfalls mit weißen Laken abgedeckten Stühle bequem gemacht, zumindest so weit das ging, denn die offensichtlich gedrexelte Rückenlehne drückte sich unangenehm in seinen Rücken. Also stand er wieder auf und fragte: »So, und jetzt erzähl mal, Hardy, wer ist dieser Rookey?«

Hardy blickte auf seine Hände und knetete nervös die Finger. Er seufzte. »Ein ehemaliger Geschäftspartner meines Vaters. Er ging bei uns zu Hause ein und aus. Eines Tages habe ihn dabei erwischt, wie er bei uns etwas geklaut hat.«

Anne verstand nicht ganz, was das mit dem Grünen Auge zu tun haben sollte. »Und dann?«

»Ich habe natürlich die Polizei gerufen und Rookey wurde verhaftet.« Er machte eine kleine Pause und schien sich in Bildern der Erinnerung zu verlieren. Dabei kaute er auf der Unterlippe herum. Die anderen warteten geduldig, dass er fortfuhr.

Jetzt hob Hardy den Blick. »Es hat sich herausgestellt, dass er ein gesuchter Verbrecher ist. Und jetzt weiß ich auch, wonach er gesucht hat.«

George nickte. Sie wusste es auch. »Nach dem Grünen Auge.«

Wehmut und Enttäuschung spiegelten sich in Hardys Gesichtszügen. »Und ich hatte tatsächlich gedacht, er wäre mein Freund.« Verlegen zog er die Mundwinkel hoch. »Wie blöd kann man sein, was?«

Julian und Anne sahen Hardy voller Mitgefühl an und sogar George schien erschüttert. Ja, von einem Menschen, dem man wirklich vertraut, hinters Licht geführt zu werden, das war ganz, ganz großer Mist! Sie konnte Hardys Enttäuschung so gut verstehen.

Hardy zuckte die Schultern, aber den anderen war klar, dass die Sache für ihn noch nicht abgeschlossen war. »Seitdem vertraue ich niemandem mehr.«

Julian reagierte sofort. »Aber uns kannst du vertrauen!«

Hardy warf einen schüchternen Blick in die Runde. »Heißt das, dass wir so was wie Freunde sind?«

Die anderen lächelten und Julian sagte: »Na klar!« Dann schaute er auf seine Uhr. »Okay, dann sollten wir mal los.«

Kapitel 7

Wenig später standen sie vor der Tür, hinter der die beiden Entführer verschwunden waren. Doch als Georg vorsichtig die Klinke herunterdrückte, musste sie feststellen, dass sie verschlossen war.

George linste durch das Schlüsselloch und wandte sich dann an die anderen: »Okay, ich glaube, wir müssen durchs Fenster. Das steht offen.«

Anne fand das gar nicht lustig. »Ja klar, super Plan, wir seilen uns einfach von da oben ab und gehen dann ins Zimmer.«

Julian schien Annes ironischen Unterton nicht bemerkt zu haben, sondern nickte eifrig und forderte die anderen sofort auf mitzukommen. Anne war fassungslos, folgte ihrem Bruder dann aber doch ins nächste Stockwerk.

Ein Knistern lag in der Luft. Jetzt kam es darauf

an! Volle Konzentration war gefragt und vor allem Geschick.

»Direkt unter uns ist das Schlafzimmer«, erklärte Hardy und zog aus seinem Rucksack nicht nur ein Klettergeschirr, sondern auch einen schwarzen Anzug samt Maske. Dann lehnte er sich aus dem Fenster und blickte hinunter. Ein Schreck durchfuhr ihn und er zuckte leicht zusammen. Im Dunkeln war der Boden nur zu erahnen. »Au Mann, ist das hoch!«

Julian trat neben ihn. Er selbst war schwindelfrei. Sicher war er nicht so ein guter Kletterer wie Dick, aber es würde reichen. »Ist gut, Hardy. Ich mach das.« Kameradschaftlich legte Julian Hardy die Hand auf die Schulter. Dann nahm er ihm das Seil aus der Hand.

Hardys Gesichtsausdruck war Anne nicht entgangen. Er musste aber kein schlechtes Gewissen haben. »Julian hat recht, weißt du? Er ist ein verdammt guter Kletterer. Und außerdem brauchen wir dich ja hier oben.«

Hoffentlich spielte George das Spiel mit! Anne kickte ihr unauffällig vors Schienbein.

»Ja klar!«, versicherte George. »Ohne dich sind wir echt aufgeschmissen.«

»Ehrlich?«

Anne nickte eifrig, während Julian das Seil in der Hand wog. »Was ist, können wir?«

Hardy half ihm dabei, das Klettergeschirr überzuziehen und es richtig zu verknoten.

Dann stülpte Julian sich die schwarze Maske über

den Kopf und hob beide Daumen. Die anderen taten es ihm gleich.

»Und macht eure Sache gut«, mahnte Julian. »Ich habe wenig Lust abzustürzen.«

Und mit diesen Worten kletterte er leichtfüßig aus dem Fenster. Während Anne ihn im Auge behielt, umklammerten George und Hardy mit aller Kraft das Seil und stemmten sich dabei mit den Füßen gegen den Boden. Scharf schnitt der Hanf in ihre Handflächen und sie bissen die Zähne zusammen. Es war gar nicht so leicht, genau die richtige Menge Seil losszulassen, ohne dass dieses dabei durch die Hände glitt.

»Zu tief!«, zischte Anne. »Ihr habt zu viel Seil nachgegeben. Ihr müsst ihn wieder hochziehen.«

»Uff!«, stöhnte George, griff die Hände um und zog mit Hardy und Anne, die jetzt auch mit zugepackt hatte, kräftig am Strick.

»Jipp! Jetzt passt es!«, rief Anne.

Die Spannung des Seils hatte nachgelassen. Julian war offenbar auf die untere Fensterbank geklettert. Anne nickte zufrieden und hob den Daumen. Hoffentlich ging alles gut!

George rieb sich die brennenden Handflächen.

Julian indes war froh, wieder sicheren Boden unter den Füßen zu haben. Die schmerzende Stelle am Schienbein, mit dem er gerade von außen gegen die raue Kante des Simses gestoßen war, musste er jetzt erst einmal ignorieren.

Mit einem Blick hatte er erfasst, dass die beiden Entführer gemeinsam in einem Bett lagen und tief und fest schliefen. Jetzt bin ich die Schwarze Katze, dachte Julian zufrieden, als er wie eine echte Samtpfote durchs Zimmer schlich.

Aber, so ein Mist, mit der Schulter erwischte er die Kante eines Stuhls, der leise über den Boden kratzte. Julian hielt die Luft an und duckte sich instinktiv.

Im nächsten Moment schoss auch schon Fils Oberkörper in die Höhe.

Julian wagte es nicht, sich zu rühren. Aber was brabbelte er denn da? *Ich hab noch einen, ich hab noch einen?* Jetzt erst wurde Julian bewusst, dass Fil immer noch die Augen geschlossen hatte und offenbar nur im Schlaf redete!

Endlich ließ sich der Kerl wieder in die Kissen zurücksinken, was von einem unappetitlichen Grunzen des anderen begleitet wurde. Dann drehten sich beide auf die Seite und schliefen weiter.

Der Schlüssel!, dachte Julian. Wo ist jetzt der verdammte Schlüssel?

Der Schlüssel lag auf dem Nachtschränkchen. Wie ein Dieb in dunkler Nacht, dachte Julian voller Anspannung, wie er so, die Finger ausgestreckt, auf Zehenspitzen auf den Nachttisch zuschlich. Schon streckte er die Hand danach aus, als ihm die letzte Bodendiele einen Strich durch die Rechnung machte! Sie quietschte, als wäre Julian auf eine Maus getreten.

Gerade eben noch konnte er sich blitzschnell und geschmeidig wie eine Katze unter das Bett gleiten lassen, als Fils Kompagnon sich auch schon murmelnd in seine Richtung drehte.

Julian hielt die Luft an, als sich die Matratze gefährlich nach unten durchbog und dann auf und ab wippte. Und dann war ein unverkennbares Geräusch zu hören!

Julian hielt sich die Hand auf Nase und Mund. Ihm wurde beinahe schlecht.

»Ha, Max, hab ich dich erwischt!«, hörte er plötzlich die Stimme von Fil.

»Was?«, grunzte Max verschlafen. »Wobei?«

»Na, du hast gepupst!«, kicherte Fil. »Ich sag doch, du pupst andauernd.«

Julian mochte kaum darüber nachdenken. Er vergrub die Nase in der Armbeuge.

»Quatsch, das träumst du nur«, knurrte Max. »Und jetzt schlaf endlich!«

Aber Fil wollte Genugtuung. »Was du kannst, kann ich schon lange«, sagte er trotzig, und einen Wimpernschlag später war das einschlägige Geräusch erneut zu hören.

Julian verschlug es den Atem. Ja, spinnen die denn?, dachte er verzweifelt. Die sind doch völlig irre!

Er versuchte, so flach wie möglich zu atmen, um den Würgereiz unter Kontrolle zu bringen.

Es ist einfach nur schrecklich, darauf zu warten, dass ein Ereignis eintritt – und wenn man nur darauf wartet, dass zwei verschrobene Gauner mit geringen Intelligenzquotienten endlich wieder einschlafen –, dann meint man, die Zeit krieche dahin wie eine altersschwache Schnecke. Julian hatte das Gefühl, es seien bereits Stunden vergangen, als er die beiden Männer endlich wieder gleichmäßig atmen hörte.

Vorsichtig rollte er unter dem Bett hervor. Diesmal wusste er, auf welche Stelle er nicht treten durfte, und schnappte sich den Schlüssel.

Das Fenster war in wenigen Schritten erreicht. Endlich wieder frische Luft. Julian warf einen besorgten Blick auf die schlafenden Entführer, während er sorgfältig das Seil verknotete. Dann beugte er sich aus dem Fenster, sah nach oben und hob für Anne zum Zeichen, dass sie ihn wieder hinaufziehen konnten, den Daumen.

Anne krallte die Finger in sein Hosenbein und half ihm, über die Fensterbank zu klettern, kaum dass er oben angekommen war. »Sag mal, was stinkt hier eigentlich so?«, fragte sie.

»Kein Kommentar!«, keuchte Julian, der den Gedanken an die Furzattacken lieber so schnell wie möglich vergessen wollte.

George und Hardy stöhnten erschöpft und grinsten zufrieden, als Julian triumphierend den Schlüssel in die Luft hielt.

Julian hob die andere Hand, George, Anne und Hardy schlugen ein. Der Coup war gelungen. Sie hatten es alle zusammen geschafft. Jetzt konnten sie Dick endlich aus seinem Verlies befreien.

Wie die Musketiere kamen sie sich vor. Einer für alle, alle für einen! George reckte die Faust in die Höhe und Anne fiel voller Freude Hardy um den Hals.

Der Morgen dämmerte bereits, als sie hintereinander über die Galerie rannten. Alle Müdigkeit war wie fortgeblasen.

»Los, Beeilung, Beeilung!«, trieb Hardy sie an. »Rookey kann jeden Moment hier sein!«

George hatte die Kellertür als Erste erreicht und steckte hastig den Schlüssel ins Schloss. Sie konnte es kaum erwarten, ihn herumzudrehen. Mit Schwung riss sie die Tür auf, als Anne auch schon an ihr vorbeisauste und ihrem Bruder voller Erleichterung um den Hals fiel. »Dick!«

Dick hielt seine kleine Schwester für einen Moment fest umklammert und grub sein Gesicht in ihre Halsbeuge. »Ihr habt's geschafft!«

Dann löste sich Anne aus der Umklammerung, um Julian Platz zu machen, denn auch er wollte seinen Bruder in den Arm nehmen.

»Besser, du nimmst mich *in* den Arm als *auf* den Arm«, frotzelte Dick, dem schon wieder zum Spaßen zumute war.

Plötzlich tippte jemand Julian auf die Schulter. »He, darf ich auch mal?«, fragte George.

Hardy war die Situation ein wenig unangenehm. Umarmen war nicht so sein Ding. Außerdem wollte er keine Zeit verlieren. »Ähm«, räusperte er sich. »Ich störe ja nur ungern, aber wir müssen hier weg!«

Wie ein Labyrinth aus Zimmern kam den Freunden das alte Eulennest plötzlich vor, wie sie so die Treppen rauf- und runterrannten und hofften, den richtigen Weg zu finden. Schließlich hielten sie auf einer kleinen Holztreppe an.

»Ja, hier geht's lang«, stellte Julian fest. »Die Treppe führt zum Hof runter.« Er deutete durch die Glasfenster, die in die Tür eingelassen waren. »Da drüben geht es zum Ausgang.«

Erleichtert nahmen die Freunde die letzten Treppenstufen in einem Satz. Der Kies glänzte gelblich in der aufgehenden Sonne. Die Luft war frisch und der Morgendunst schwebte leicht und scheinbar schwerelos über dem Boden. Die Freiheit lockte!

Dick atmete tief durch. Das hier war etwas anderes als die abgestandene feuchte Luft in seinem Verlies.

Jetzt nur noch quer über den Hof, durch die Tür und dann die steinerne Treppe hinunter. Dort unten warteten die Fahrräder auf sie. Hardy rannte vorweg. Er hatte nur einen Gedanken im Kopf: Nix wie raus hier!

Doch da brüllte eine ihm wohlbekannte Stimme: »Stopp! Stehen bleiben.«

Mitten auf der Treppe blieb Hardy stehen und drehte sich um. Und da oben, auf den obersten Stufen, stand Rookey.

Mit beiden Händen hielt er eine Waffe und richtete diese auf Julian, Dick, George und Anne. Timmy kläffte wie ein Verrückter, bis George ihm befahl, still zu sein.

George suchte Hardys Blick. »Los, hau ab!«

Die Fahrräder standen in Reichweite, Hardy könnte es schaffen. Aber etwas ließ ihn zögern.

»Was ist? Bring dich in Sicherheit!«, flehte Anne.

Hardy rang mit sich. Der Fluchtweg stand ihm offen. Doch er war es, den Rookey haben wollte, nicht die anderen. Wenn er selbst fliehen würde, dann … Ja, was dann? Was würden Rookey, Max und Fil mit seinen Freunden anstellen?

Freunde.

Hardy sah zu ihnen hinüber und starrte in ihre angstverzerrten Gesichter. Plötzlich kamen auch Max und Fil angerannt. Unausgeschlafen, aber wild entschlossen einzugreifen.

Noch einmal warf Hardy einen kurzen Blick auf die Treppe. Konnte er hier so einfach abhauen?

Hardy atmete einmal tief durch und stieg dann zwei, drei Stufen weiter zu Rookey hinauf. »Lasst sie in Ruhe!«

»Aber …«, wollte Anne protestieren, doch George hielt sie zurück.

Hardy schlug sich mit der Hand auf die Brust. »Ich bin es doch, den du willst. Also, lass die anderen laufen.« Seine Stimme drohte umzukippen.

Rookey verengte die Augen zu Schlitzen. Er konnte

wohl nicht glauben, was er da eben erlebte. »Du hättest abhauen können. Und jetzt kommst du zurück? Warum?«

Hardy schob die Hände in die Hosentaschen. »Weil Freunde so was tun. Deshalb.«

Ein wenig verlegen sah er zu den anderen hinüber. Sie verzogen den Mund zu einem schiefen Grinsen und schienen trotz der schrecklichen Situation, in der sie sich befanden, gerührt zu sein.

Aber Rookey machte den Augenblick sogleich zunichte. »Oh, wie süß«, trällerte er und fuchtelte dabei mit der Waffe herum. »Der kleine Hardy hat Freunde gefunden.«

Hardy spürte, wie er vor Wut zu kochen begann. Rookey war so ein niederträchtiges Schwein! Ein Verräter.

Und ehe er reagieren konnte, hatte Rookey Hardy auch schon am Kragen gepackt.

Max näherte sich ihnen aufgebracht und zeigte auf Dick. »Aber Rookey! Das hier ist doch Hardy!«

Dick duckte sich unter Max' Hand, die ihm einen Klaps auf den Hinterkopf versetzen wollte.

Rookey grunzte verächtlich. »Quatsch! Der kleine Scheißer hier und ich kennen uns schon ein paar Tage – was? Idioten!« Dann fuchtelte er mit der Waffe Richtung Julian, George, Anne und Dick. »Wo kommen diese Gören überhaupt alle her?«

Den Freunden wurde es angst und bange. Rookey

kam sich wohl ganz großartig vor mit seinem schneidigen Auftreten und seinen coolen Cowboystiefeln. Typen wie der waren gefährlich, weil sie sich schnell überschätzten. Hoffentlich hatte er seine Waffe unter Kontrolle!

»Lass sie gehen, die haben doch gar nichts damit zu tun«, startete Hardy einen neuen Versuch.

»Pah!« Rookey verstärkte seinen Klammergriff. »Damit die uns verpfeifen können, oder was?« Dann wedelte er wieder mit der Waffe. »Los jetzt, mitkommen, und zwar alle!«

Was hatten die Freunde für eine Wahl? Sie drehten sich um und gingen zurück zur Treppe. Ihre Schritte knarschten im Kies. Resigniert ließen sie die Köpfe hängen.

Plötzlich gab es einen Riesenradau. Erschrocken fuhren sie herum und sahen eben noch, wie sich Timmy von hinten auf Rookey stürzte, der gerade im Begriff war, die Tür zu schließen.

Unter Timmys Gewicht verlor er das Gleichgewicht, doch als er versuchte, sich abzufangen, glitt ihm die Pistole aus den Fingern wie nasse Seife und landete mit einem Knall auf dem harten Boden.

Dabei löste sich unkontrolliert ein Schuss.

Georges Schrei hallte von den Wänden des alten Anwesens wider und fuhr allen durch Mark und Bein.

Timmy lag am Boden und rührte sich nicht.

George wurde hysterisch. »Nein! Timmy! Nein!«, brüllte sie.

Max hatte unterdessen die Pistole aufgehoben und Rookey auf die Beine geholfen.

Fil dagegen stand der Schreck ins Gesicht geschrieben. »Mann, wie konntest du das tun?«, brüllte er Rookey an.

Aber der klopfte sich nur den Staub von der Hose und meinte lapidar: »Krieg dich mal wieder ein. Das war ein Unfall!«

Das konnte doch nicht wahr sein! Die Freunde versuchten sich auf ihn zu stürzen, aber da guckten sie schon wieder in die Mündung der Waffe, die Rookey auf sie gerichtet hielt. Anne liefen die Tränen übers Gesicht.

Nur George ließ sich nicht beeindrucken. Sie wollte zu ihrem Hund, der noch immer regungslos auf dem Boden lag, doch Fil hielt ihren Oberarm fest umklammert.

»Und jetzt los, mitkommen!«, befahl Rookey gnadenlos.

Kapitel 8

Wenig später saßen Julian, Dick, George und Anne nebeneinander auf Stühlen und konnten es nicht fassen. George schluchzte laut.

Hardy war als Einziger nicht gefesselt worden. Max hielt ihn jedoch fest am Kragen gepackt.

Durch die staubigen Glasscheiben der hohen Fensterbögen ließ die Morgensonne die Tränen auf den Wangen der Freunde glitzern. In der Ecke des großes Wohnraumes stand ein altmodisches Klavier.

Rookey näherte sich George mit zorniger Miene. »Jetzt mach hier mal nicht so ein Theater, das war doch nur ein Hund!«

»Nur ein Hund?«, kreischte George ihm ins Gesicht. »Timmy war der klügste Hund der Welt!«

»Ach so, ja?« Rookey grinste spöttisch und bleckte seine gelben Zähne. »Deshalb war er ja auch so blöd, sich erschießen zu lassen.«

Dann drehte er sich um und holte etwas aus seiner Tasche, eine Rolle, die er umständlich auseinanderrollte. Das Papier klang widerspenstig und hart, es war offenbar alt.

»Überraschung!«, rief Rookey. »Das hier ist die alte Karte deines genialen Ururururgroßvaters – der Schwarzen Katze.

Ich beliebe nicht zu scherzen,
hör genau auf diesen Reim,
ein Kinderlied von Herzen,
ein N dazu führt dich zum Stein!

Und ich bin mir sicher, dass du mir dieses Liedchen trällern kannst, mein Lieber.«

Aber Hardy schüttelte nur verzweifelt den Kopf und schwieg. Er wusste wirklich nicht, was für ein Lied das sein sollte.

»Fang endlich an zu singen. Ich verlier langsam die Geduld.«

Hardy war entsetzt. Rookey meinte es wirklich ernst. Was würde er sich noch einfallen lassen, wenn er ihm nicht endlich das Lied verraten konnte? Hardy dachte an Timmy und bekam weiche Knie.

Julian ruckelte an seiner Fessel hin und her und rief: »Lass ihn in Ruhe, Mann. Du siehst doch, dass er nichts weiß.«

Rookey platzte beinahe vor Wut und erdolchte Julian

mit Blicken. Dann packte er Hardy vorne am Hemd, riss ihn herum und hatte plötzlich ein Medaillon mit dem Familienwappen der Kents in der Hand, das Hardy um den Hals trug.

Rookey zog kurz daran und Hardy schrie auf, als ihm die Kette scharf ins Fleisch schnitt. Triumphierend hielt Rookey das Medaillon in der geballten Faust in die Höhe. »Was ist das?«

»Ein altes Erbstück«, stammelte Hardy ängstlich.

»Wertloser Schnickschnack«, konstatierte Rookey.

»Es ... es ist von meinem Opa und der hat es von seinem Opa ... und ...«, stotterte Hardy.

Rookey starrte Hardy böse an und schmetterte das Medaillon, ohne den Blick von ihm abzuwenden, wütend von sich.

Jetzt explodiert er gleich, dachten die Freunde besorgt, aber sie konnten nichts tun, um Hardy zu helfen!

Aber gerade als Rookey sich auf Hardy stürzen wollte, schwebte plötzlich eine liebliche Melodie durch den Raum. Sie kam aus dem Medaillon, das beim Herunterfallen gegen eine Kommode geprallt und aufgesprungen war. Max griff danach und hielt es in die Höhe.

Rookey hielt mitten in der Bewegung inne und schaute sich das Medaillon näher an. »Nanu, im Innendeckel ist ein Bild von einer schwarzen Katze!«

Ein diabolisches Grinsen legte sich auf sein Gesicht. »Wie heißt es auf der Karte? *Ein Kinderlied von Herzen – ein N dazu – führt dich zum Stein!* Das ist es!«

Ein dreckiges Lachen übertönte die Melodie. »Und du willst mir weismachen, dass du nichts davon wusstest?« Rookey hielt Hardy die Faust mit dem Medaillon unter die Nase.

Hardy zitterte am ganzen Leib. »Nein, ich hatte wirklich keine Ahnung, dass man es öffnen kann«, versicherte er. Doch an Rookeys Miene war abzulesen, dass er ihm nicht glaubte. Er hatte nur ein verächtliches Schnauben für ihn übrig.

Dann begann er, nervös auf und ab zu laufen. Er hielt sich dabei das Medaillon ans Ohr und lauschte auf die Melodie.

Als Max heftig zu niesen begann, warf er ihm einen genervten Blick zu. Wie sollte er sich bei diesem Krach konzentrieren?

Aber Dick kam etwas anderes in den Sinn. Wie war das noch mal mit Max' Allergie? Sofort begann sein Herz, einen Takt schneller zu schlagen. Bedeutete das womöglich …? Erwartungsvoll sah Dick zur Tür. Und richtig, da war – Timmy!

Dick konnte seinen Fuß gerade so weit bewegen, dass er George unauffällig einen Kick verpassen konnte. »Er hat sich nur tot gestellt!«, wisperte Dick beinahe lautlos.

Freude und Erleichterung standen George ins Gesicht geschrieben. Timmy lebte! Doch schnell schaute sie wieder nach vorne. Sie durfte sich auf keinen Fall etwas anmerken lassen.

Auch Julian und Anne wurden jetzt auf ihn aufmerksam. Timmy aber blieb brav sitzen, wo er war, und hob lediglich die Pfote, auch wenn er zu gerne zu seinem Frauchen gerannt wäre. Plötzlich fuhr Rookey herum. »Was flüstert ihr da?«, raunte er. »Haltet gefälligst die Klappe. Ich muss mich konzentrieren.«

Doch seine Anstrengungen schienen nicht von Erfolg gekrönt, denn seine Miene verfinsterte sich mehr und mehr, während er auf die Karte starrte und der Melodie lauschte. »Warum nur ist auf der Karte das Wort *Stein* doppelt unterstrichen?«, murmelte er vor sich hin. Er kratzte sich am Kinn, dass das Knistern der Bartstoppeln zu hören war. »In den Noten dieses Kinderliedes muss die Lösung stecken!« Rookey ließ sich nachdenklich auf den Klavierhocker sinken und lehnte sich zurück. Vom Klavier erklang ein Ton.

Max war begeistert. »Mensch Rookey, du bist genial.«

Rookey fuhr mit der Hand durch die Luft, als wolle er eine lästige Fliege verscheuchen. »Halt die Klappe!«

Er warf einen forschenden Blick in die Runde. Die Freunde schluckten und hielten die Luft an. Was würde jetzt passieren?

»Wer von euch kann denn hier Klavier spielen?«, fragte er scharf und stand auf.

Großer Fehler, dachte Anne im selben Moment, als sie ihren Blick senkte, um dem seinen auszuweichen. Jetzt hatte sie ihn erst recht auf sich aufmerksam gemacht. Und da sah sie auch schon die Spitzen seiner Cowboystiefel vor sich auf dem Boden.

»Du kannst das doch sicher!« Diese Feststellung galt ohne Zweifel ihr.

Was sollte sie tun? Sie schickte Julian einen Hilfe suchenden Blick. Doch der nickte ihr auffordernd zu. »Ja, gut, ich mach's«, sagte Anne und merkte selbst, wie dünn ihre Stimme klang. Wenn sie eins nicht wollte, dann war es, diesen Verbrechern in irgendeiner Weise zu helfen. Aber sie hatten ja keine andere Wahl.

Erleichtert rieb sie sich die Gelenke, als Max ihr die Fesseln gelöst hatte. Es tat ein wenig weh, als das Blut wieder richtig zirkulierte. Widerwillig ließ sie sich auf dem abgewetzten Klavierhocker nieder.

Rookey hielt ihr das Medaillon ans Ohr. Aufmerksam horchte sie nach der einfachen Melodie und versuchte dann zögernd, diese nachzuspielen.

»Was sind das für Noten?«, wollte Rookey wissen.

Anne wiederholte die Tonfolge jetzt etwas flüssiger und sagte: »G-C-D-C-H-A-E-C-E.«

Max hatte einen kleinen Notizblock und einen Stift aus seiner Jackentasche geklaubt und schrieb mit. Kaum hatte er in seiner etwas umständlichen Art die Buchstaben fertig gemalt, riss Rookey ihm den Zettel aus der Hand. »*Gcdcgaece*«, las er und brach sich dabei fast die Zunge.

Die Freunde bissen sich auf die Lippen, um nicht loslachen zu müssen.

»Genial!«, rief Max.

»Blödsinn!« zischte Rookey und wandte sich wieder Anne zu. »Spiel's noch mal.«

Anne zuckte die Schultern und wiederholte die Melodie. Alle hörten gebannt zu und überlegten, ob sie auf die Lösung des Rätsels kamen.

»Halt!«, kommandierte Rookey plötzlich. »Spiel mal nur mit der linken Hand.«

Anne tat, was er sagte. Sie spielte. »G-A-F-F-E.« Gaffe?

Rookey setzte seine Gehirnmaschine in Gang und gab kurz darauf Fil mit einem Kopfnicken zu verstehen, er solle Anne wieder an den Stuhl fesseln. Offenbar wusste er nun, was er wissen wollte.

»Gaffe …«, wiederholte er, während er sich, vor Selbstbewusstsein strotzend, vor den Freunden aufbaute. »*Ein Kinderlied von Herzen – ein N dazu*!«, erinnerte er an den Spruch von der Karte. »Gaffen.« Er hob theatralisch den Zeigefinger und verkündete mit feierlicher Stimme: »*Führt dich zum Stein* – zum Gaffenstein! Die Gaffensteinfelsen also sind es, wo das Grüne Auge versteckt liegt!« Siegesgewiss klatschte er in die Hände. »Dann wollen wir mal!«

Ja, geh nur zu deinem Gaffenstein, du Armleuchter, dachte George. Je eher du weg bist, desto besser.

Doch dann beschloss Rookey, Hardy mitzunehmen. »Vielleicht bist du uns ja noch nützlich«, sagte Rookey.

Nützlich! Pah!, dachte George. Definiere nützlich. Nützlich war doch in erster Linie etwas Positives. Das hier war ganz und gar nicht positiv. Das hier war absoluter Mist.

Aber jetzt ging es erst einmal darum, dass diese Gauner Timmy nicht entdeckten.

Doch Timmy war ein schlauer Hund. Ein ernster Blick von seinem Frauchen reichte aus, und er verstand, dass er sich weiterhin verstecken musste, bis diese seltsamen Vögel den Raum verlassen hatten. Und mit ihnen Hardy.

Traurig drehte der sich im Türrahmen noch einmal nach seinen Freunden um. Vorhin hatte er für sie eingestanden und nun konnten sie ihm nicht helfen.

Was für eine erniedrigende Situation, dachte Julian. Er hätte platzen mögen. Er vermochte Hardys Blick kaum standzuhalten, das aber war er ihm wenigstens schuldig.

»Dann macht's mal gut«, sagte Hardy mit erstickter Stimme.

Kaum dass das Trio samt Hardy den Raum verlassen hatte, kam Timmy aus seinem Versteck gespurtet.

»Timmy, du bist einfach der Beste!«, lobte ihn Dick.

»Sich einfach tot zu stellen, unglaublich!«, fiel Julian ihm ins Wort.

»Aber du hast uns auch einen ganz schönen Schrecken eingejagt«, sagte Anne, während George, die so ungemein stolz war auf ihren tollen Hund, mit ihrem Stuhl herumruckelte, sodass sie mit den Handfesseln direkt vor Timmys Schnauze zu stehen kam. Sie wusste, ja, dass Timmy noch mehr draufhatte. »Beiß, Timmy!«, forderte sie ihn auf. Und als sie merkte, dass Timmy sie verstanden hatte und an ihrer Handfessel zerrte, da feuerte sie ihn froh und erleichtert weiter an. »Beiß, so fest du kannst. Ja, so ist es gut.«

Und Timmy wusste genau, dass es jetzt auf ihn ankam.

Nachdem George befreit war und auch den anderen geholfen hatte, die Fesseln zu lösen, zappelten sie erst einmal herum wie alberne Clowns.

»Pah, das kribbelt vielleicht, wenn das Blut wieder zum Zirkulieren kommt!«, rief Dick.

»Aber wir dürfen keine Zeit verlieren«, mahnte George.

»Ja, der arme Hardy«, sagte Anne, die jetzt auf einem Bein hüpfte. »Ist schon komisch, jetzt haben wir gemeinsam Dick befreit, schon sitzt Hardy in der Falle.«

Dick zog den Mund schräg. »So kann ich mich bei ihm wenigstens revanchieren.«

»Wir müssen ihm helfen, und zwar schnell«, sagte Julian. »Auf zu den Gaffensteinfelsen.«

George klatschte in die Hände. »Also los! Retten wir diesen Freak!«

Ja, die Beine waren wieder gut durchblutet und trugen die Freunde im Laufschritt durch das Labyrinth aus Gängen und Treppen und hinaus über den Hof durch das Burgtor. Die Räder standen noch an Ort und Stelle. Offenbar hatte niemand sie entdeckt.

»Eigentlich könnte ich ganz gut mal was essen«, stöhnte Dick gespielt. »Woher soll ich denn die Kraft nehmen für so eine schnelle Fahrt?«

Die anderen sahen ihn verdutzt an.

»Hast du nicht gerade noch eine Pizza serviert bekommen?«, rief Julian gegen den Fahrtwind an. »Was sollen wir denn sagen?«

»Ach ja.« Anne tat so, als müsste sie würgen. »Die mit diesem köstlichen Belag!«

»Gerade? Das ist Lichtjahre her!« Dennoch hatte Dick recht. Der Magen hing ihnen allesamt mittlerweile in den Kniekehlen.

Zum Glück war der Weg zum Gaffensteinfelsen nicht besonders weit und stieg erst auf dem letzten Stück leicht an. Hier sprangen sie von ihren Rädern und schoben die letzten Meter.

»Da!« Julian hatte den Kübelwagen, mit dem Rookey vorhin gekommen war, als Erster entdeckt.

»Hier sind wir also richtig!«, flüsterte George.

Schnell rollten sie die Räder ins Gestrüpp und zogen ein paar dichte Zweige darüber. Die Tarnung war perfekt!

Doch wo waren die Männer geblieben? Und mit ihnen Hardy! Absolut nichts war von ihnen zu sehen.

Die Freunde horchten, doch außer den ganz normalen Waldgeräuschen war nichts zu hören. Es war, als hätte der Erdboden sie verschluckt.

Aber was für Julian, George, Dick und Anne mit ihrem menschlichen Wahrnehmungsvermögen galt, das galt nicht für Timmys Spürnase. Er hatte nämlich etwas gewittert und stand kurz darauf vor einer Steinplatte, die in den Boden eingelassen war.

»Was ist, Timmy?« George zog ihren Hund sanft beiseite. »Hey, schaut euch das an! Da ist was eingraviert!«

Julian spähte über Georges Schulter und las laut vor: *»Ruhe in Frieden, Schatz dieser Welt. Ladbar Hic.«*

Anne guckte gequält. »Ladbar Hic? Komischer Name. Oder ist das irgendwas Lateinisches? Hic, das hab ich doch schon mal bei euren Latein-Vokabeln gehört.«

Aber Dick wusste es besser. »Das ist ein Anagramm!«

»Ein Ana… was?«, fragte Anne, der dieses Wort vollkommen fremd war. »Hat das was mit meinem Gewicht zu tun?«, scherzte Anne.

Dick lachte seine kleine Schwester aus. Jetzt konnte er wieder sein geballtes Wissen auffahren und erklärte triumphierend: »Anagramm kommt aus dem Griechischen und bezeichnet ein Wort, das aus einem anderen Wort durch Umstellung der einzelnen Buchstaben oder Silben gebildet wurde. Wird gern als Geheimcode benutzt.« Dick machte ein wichtiges Gesicht.

Jetzt wurde es aber wirklich interessant! »Was könnte damit gemeint sein?«, fragte Julian.

Alle dachten angestrengt nach, schoben die Buchstaben hin und her, sogar Timmy legte den Kopf schief und schien zu überlegen.

Anne machte einen ersten Versuch. »Zum Beispiel Baldric Ha…«

»Oder …«, fiel Dick ihr ins Wort, doch ehe er seinen Vorschlag aussprechen konnte, rief George aufgeregt: »Oder Archibald!«

Dick schlug sich mit der flachen Hand vor die Stirn. »Na klar, das ist es! Archibald Kent. Hardys Vorfahre!«

»Die Schwarze Katze!« Julian war voller Eifer. Langsam aber sicher fügten sich die Puzzleteile ineinander. Aber jetzt galt es, die Männer aufzuspüren und mit ihnen Hardy.

»Hey, seht euch das an!« Anne deutete auf ein Bonbon, das auf der Steinplatte lag. »Solche hat Hardy doch immer gegessen!«

Dick ging in die Knie, hob es auf und drehte es nachdenklich zwischen den Fingern. »Das muss doch ein Zeichen sein. Das hat er sicher extra hier hinterlassen.« Dick machte sich daran, die Steinplatte genauer zu untersuchen. Gab es etwa auch hier einen geheimen Mechanismus? Dick packte die Platte diagonal an den Ecken und versuchte, sie hin- und herzuschieben. Da war nichts zu machen.

Er wollte schon aufgeben, da spürte er unter seinen Fingern, dass sich die schwere Platte doch bewegte – wenn man sie drehte.

»Nicht schlecht«, staunte Julian und tätschelte seinem Bruder die Schulter.

In diesem Moment fing einer der Felsen hinter ihnen an zu knarzen.

»Wow! Schaut euch das an!« George kippte die Kinnlade runter. Die große Felsplatte schob sich zur Seite und gab den Weg in eine Höhle frei.

Julian fischte eine von Hardys Taschenlampen aus der

Knietasche seiner Cargo-Pants und drückte sie George in die Hand.

Anne war es nicht geheuer, die Höhle zu betreten. »Was ist, wenn sich hinter uns das Tor schließt? Dann sitzen wir in der Falle.«

»Aber die müssen hier reingegangen sein«, beharrte George. »Timmy wittert die Spur. Sollen wir Hardy etwa diesen Clowns überlassen? Niemals!«

Anne schluckte. »Okay. Dann auf, sehen wir zu, dass wir Hardy da rausholen!«

Kapitel 9

Julian hielt die Lampe mit der einen Hand und winkte mit der anderen. »Hier entlang. Aber seid vorsichtig, da rechts geht's ein paar Meter tief runter.« Er leuchtete kurz über die Kante.

Erschrocken wich Anne zurück. Sie tastete mit der linken Hand an der Wand entlang und war froh, zwischen George und Dick laufen zu können. Plötzlich blieb Julian stehen. »Hier ist eine Abzweigung.«

Julian leuchtete den Boden ab. »Da sind Schleifspuren oder so was.«

George nahm ihm die Lampe aus der Hand. »Lass mal sehen.« Der Lichtkegel wanderte an der Felswand hinauf. »Na, sieh mal einer an.«

»Das sieht mir doch ganz nach den Resten einer Seilfalle aus«, stellte Dick sachlich fest. »Allerdings wurde das Seil abgeschnitten. Wer auch immer da hineingeraten ist, wurde wieder befreit.«

»Deuten wir das als gutes Zeichen?«, fragte Anne, aber keiner antwortete ihr.

»Das heißt aber auch, dass wir verdammt gut aufpassen müssen«, sagte Dick. »Das ist bestimmt nicht die einzige Falle. Hier hat also tatsächlich jemand etwas zu beschützen.«

Jetzt richtete George die Lampe wieder auf den Boden. »Da! Seht ihr?« Auf dem Boden lag eins von Hardys Bonbonpapieren. »Wir müssen also dort entlang.«

»Oh, wow!«, flüsterte Dick, als sie sich kurz darauf vor einem Felsspalt wiederfanden, durch den sie offensichtlich hindurchmussten. Ein leises Echo warf seine Worte zurück.

In diesem Moment passierte es. Anne hatte das Gefühl, sie trete in eine Lache aus Schmierseife. Der Boden rutschte ihr unter den Füßen weg, beinahe wäre sie gegen den Felsen geschlagen, konnte sich aber gerade noch abfangen. Den Schrei, der ihr die Kehle heraufdrang, konnte sie jedoch nicht zurückhalten.

»Pssst, Anne, sei doch leise!«, schimpfte Julian im Flüsterton.

Nach der Felsspalte wurde das Laufen etwas leichter. Der Weg war breiter und nicht mehr so glitschig.

Anne hatte ein schlechtes Gewissen. Was, wenn ihr Schrei sie nun verraten hatte? War Hardy jetzt deswegen in Gefahr? Sie hätte sich auf die Zunge beißen mögen. Aber nun war es zu spät. Sie konnte den Schrei ja nicht zurücksaugen.

»Hey, alles klar«, sagte Julian, der die Taschenlampe wieder an sich genommen hatte und vorweglief. Im Lichtkegel war auf dem Boden eines der Bonbons zu sehen.

»Pfefferminz«, sagte George und fasste sich an die Kehle. »Würg.«

»Du sollst es ja nicht essen«, maulte Julian.

»Okay, ich geh vor«, entschied Dick.

Julian zögerte, ihm die Lampe zu überlassen. »Vielleicht sollte ich …«

Aber Anne schüttelte warnend den Kopf. Julian verstand und gab seinem Bruder die Lampe. »… dir den Vortritt lassen.«

Dick schenkte seinem Bruder ein breites Grinsen und machte sich auf den Weg.

»Timmy, was ist denn?« George war stehen geblieben, weil Timmy zögerte, ihr zu folgen. Er begann, leise zu winseln.

»Jetzt komm schon, Timmy!«, lockte George. Nur widerwillig kam ihr Timmy mit kleinen Trippelschritten nach.

»Pah, die Spinnen sind hier aber fleißig.« Leicht angeekelt schob Julian mit der Taschenlampe ein riesiges Spinnennetz zur Seite.

»Moment mal!«, rief George, als Julian gerade den Weg fortsetzen wollte.

Anne wäre beinahe in sie hineingelaufen. »Was ist denn?«

»Wenn die hier entlanggegangen wären, dann wäre das Spinnennetz schon kaputt gewesen.«

Dick und Anne sahen sich an. George hatte recht, sie hatten also den falschen Weg genommen. Jetzt war ihnen auch klar, warum Timmy nicht weitergehen wollte und gefiept hatte. Was er im Übrigen noch immer tat.

Plötzlich war es ihnen irgendwie unheimlich. Irgendetwas stimmte hier nicht. Julian sah sich aufmerksam um, hob die Lampe und leuchtete die Wände ab.

»Was ist denn das?« Er zeigte auf eine Reihe von Löchern, die die Wand perforierten. Sie waren in etwa so groß wie Kronkorken. »Los, Leute, runter auf den Boden, und zwar sofort.«

»Aua!«, fluchte Anne, als sie mit dem Knie ein Steinchen erwischte. Alle duckten sich und spähten ängstlich nach den Löchern. Sogar Timmy ließ sich platt auf den Boden sinken.

Doch nichts geschah.

»Mann, du hast mir vielleicht einen Schreck eingejagt«, sagte Dick und richtete sich wieder auf. »Können wir jetzt also umdrehen?« Er stützte sich auf einer kleinen Steinplatte ab und wollte gerade aufstehen, als diese mit einem seltsamen Geräusch nachgab. Es klang, als ob ein geheimer Mechanismus in Gang gesetzt worden wäre.

Dick war vor Schreck wie erstarrt. Doch Julian reagierte. Ohne nachzudenken, packte er seinen Bruder und riss ihn wieder herunter. Keine Sekunde zu früh. Im

George, Dick, Anne und Julian werden von den Gangstern festgehalten.

Die Rettung naht: Timmy

Die richtige Fährte? Julian, Anne, George und Dick im mythischen Höhlenlabyrinth

Oberschurke Rookey (Peter Lohmeyer) mit Hardy auf Schatzsuche in der Höhle

Das Grüne Auge! George, Anne, Dick, Julian und Hardy können es kaum glauben.

Die Gangster sind den Freunden dicht auf der Spur …

Die Freunde flüchten Richtung Wanderzirkus.

The show must go on!

Werden die Zirkusleute den Freunden helfen, die Gangster zu überführen?

Die Freunde haben es wieder einmal geschafft! Agent Turner (Anatole Taubman) freut sich.

Hinter den Kulissen: Am Set der Fünf Freunde

Regisseur Mike Marzuk …

… mit seinen Hauptdarstellern Justus Schlingensiepen, Valeria Eisenbart, Quirin Oettl und Neele Marie Nickel

Coffey folgt den Anweisungen seines Trainers Gordon Krei.

Coffey nachts im Zelt

Quirin Oettl und Valeria Eisenbart beim Sprung über die Dächer der Zirkuswagen

Dreharbeiten in der Zirkusmanege

© 2013 SamFilm GmbH/Constantin Film Produktion GmbH
© 2013 Hodder and Stoughton Ltd.
Fotos: © Bernd Spauke/SamFilm GmbH/Constantin Film Verleih GmbH

selben Moment, als Dick unsanft zu Boden ging, schossen aus den Löchern Dutzende von Speeren über ihre Köpfe hinweg. Bedrohlich fegte ihnen ein scharfer Wind durch die Haare und das Zischen der Waffen tat in den Ohren weh. Dann wurde es übertönt von ihren Schreien.

Regungslos blieben sie eine Weile liegen, die Arme schützend über ihren Köpfen verschränkt, und wagten es kaum zu atmen.

Augenblicke später erst trauten sie sich, die Augen zu öffnen und die Speere fortzuschieben, die sich wie ein Gitter über ihnen in die Wand gebohrt hatten.

Dick erholte sich langsam von dem Schreck. »Danke, Julian, manchmal ist es doch nicht schlecht, einen großen Bruder zu haben.« Dann klaubte er sich die Mütze vom Kopf. »Auweia, seht euch das an.« Einer der Speere hatte ihn im Fallen fast noch erwischt und steckte nun in seiner Mütze.

Julian zog sie vom Speer und schob seinen Zeigefinger durch das Loch. »Das war knapp!«

»Okay«, sagte Anne mit dünner Stimme. Der Schreck saß ihr noch immer in den Knochen. »Können wir jetzt bitte weitergehen? Ich will weg hier.«

Julian nickte. »Aber achtet höllisch auf weitere Fallen. Wir müssen auf alles gefasst sein.«

Alle Antennen auf Empfang geschaltet, machten sie sich auf den Weg in die andere Richtung. Sehr sorgfältig achteten sie auf jedes Detail und dennoch blieb ein mulmiges Gefühl.

Plötzlich erschien im Schein der Taschenlampe eine Treppe. Leise drang der Widerhall von Stimmen herauf.

Julian hielt sich den Finger vor den Mund. Jetzt war es besser, mucksmäuschenstill zu sein.

Die Treppe führte hinunter zu einer Gruft. Das flackernde Licht von Fackeln reflektierte an den Felswänden und warf tanzende Schatten. Zum Glück gab es hier mehrere Nischen, in denen sich die Freunde verstecken konnten.

Das war ja wie im besten Theater!

Erleichtert stellten sie fest, dass es Hardy offensichtlich gut ging, wenn er auch ein Gesicht machte, als hätte er zu Weihnachten eine Krawatte mit rosa Teddybären geschenkt bekommen. Er stand in der Gruft zusammen mit den drei Männern inmitten eines Kreises aus zwölf Feuerschalen, in denen lichterloh die Flammen züngelten. Das Bemerkenswerteste aber war ein riesiger Monolith in der Mitte des Felsengewölbes. Doch was waren das für dunkle Löcher in der Mitte des Steins? Sie waren faustgroß und sahen von Weitem einfach nur schwarz aus.

Jetzt hob Rookey die Karte und sagte: »Bingo! In einem dieser Löcher muss das Grüne Auge sein.«

Aha, so war das also.

Wenn Hardy doch nur wüsste, dass wir hier sind, dachte Dick und steckte die Hände in die Taschen, denn hier unten war es ziemlich kühl. Dabei bekam seine rechte Hand etwas zu fassen. Das Bonbonpapier von der Steinplatte! Kurzerhand knüllte er es fest zusammen und zielte damit auf Hardys Füße just in dem Moment, als sich die Männer dem Monolithen zuwandten, um vorzulesen, was über den einzelnen Löchern stand.

Es hatte geklappt. Hardy hatte das Papier entdeckt und wusste offenbar sofort, was das zu bedeuten hatte. Schnell verbarg er es unter seinem Fuß und blickte sich um. Er entdeckte die Köpfe der Freunde, die es wagten, kurz aus ihrem Versteck herauszuspähen, und lächelte ihnen erleichtert zu.

Jetzt wird alles gut, dachte Dick und betete, dass Max nicht niesen musste.

Hardy dagegen hoffte, der Stein, der ihm gerade vom Herzen fiel, würde keine Geräusche machen, als er seine Freunde hinter den Felsvorsprüngen entdeckte. Noch vor wenigen Minuten hatte er die größte Sorge gehabt, sie seien ums Leben gekommen, als er ihre Schreie durch die Höhle hatte hallen hören. »Pech gehabt, das *waren* wohl deine Freunde!«, hatte Rookey mit einem dreckigen Lachen geraunt, und Hardy wäre ihm sicher an die Gurgel gesprungen, wenn Max ihn nicht festgehalten hätte. Aber seine Freunde lebten, und wie es aussah, waren sie putzmunter! Sogar Timmy war dabei, von dem er ebenfalls gedacht hatte, dass er tot war! Fast hätte Hardy gelacht, als ihm Timmys Trick in den Sinn kam! Hatte er nicht selbst noch darüber gelästert? Jetzt wusste er, wozu er gut war.

Wenn die Situation nicht zu verzwickt wäre, müsste man glatt Mitleid haben mit den drei Witzfiguren, dachte Hardy, während er beobachtete, wie sie sich abmühten, die Inschriften zu lesen, die über den Löchern standen.

»Lusuco diviris. Suluco sidiriv. Oculus viridis«, stammelte Rookey. «Was soll dieser Scheiß?"

»Natürlich wisst ihr nicht, was dieser Scheiß soll, ihr Dummbatzen!«, hätte Hardy am liebsten gerufen, der sofort verstand, dass *Oculus viridis* nichts anderes war als der lateinische Begriff für »Grünes Auge« und dass es sich bei den anderen Wörtern um Anagramme derselben Wörter handelte. Aber er versuchte, keine Miene zu verziehen. Sollten die sich doch selbst die Zähne daran ausbeißen. Dennoch konnte er sich ein kurzes süffisantes Lachen nicht verkneifen, als George ihn angrinste.

»Was ist denn hier so lustig?«, fauchte Max.

»Nichts!«, versicherte Hardy. »Rein gar nichts.«

Rookey war misstrauisch. Er kam näher und fixierte Hardy scharf, dann sah er sich um. Hardy hielt die Luft an, aber seine Freunde hatten längst die Köpfe wieder eingezogen. Da war nichts zu sehen außer dunklen kalten Felsen.

Dann verschränkte Rookey die Arme vor der Brust. »Weißt du was, mein Freund? Du greifst da jetzt rein!«

»Ich bin nicht dein Freund«, maulte Hardy. »Wie oft soll ich dir das noch sagen?«

Rookey blähte sich auf. »Nicht frech werden, du Schlaumeier. Und jetzt los!«

»Und was ist, wenn das eine Falle ist?«, fragte Hardy, dem ganz und gar nicht wohl bei der Sache war.

Rookey grinste böse und fuchtelte mit seiner Pistole herum. »Dann hast du Pech gehabt.«

Hardy blickte direkt in die Mündung der Waffe. Er hatte keine andere Wahl, als zu tun, was Rookey von ihm verlangte. Zögernd trat er auf den Monolithen zu und streckte langsam die Hand nach dem Loch aus, über dem *Oculus viridis* stand. In seinem Kopf tauchten Bilder auf von saugenden schwarzen Löchern und abgebissenen Gliedmaßen. Schon fühlten sich seine Knie an wie Pudding. Dennoch schob er vorsichtig die Hand in das faustgroße Loch.

Jetzt hatte er richtig Angst und suchte Julians Blick. Angstschweiß rann ihm über die Stirn und brannte in den Augen. Vielleicht wusste Julian einen Ausweg.

Julian sah ihn an. Gerade flüsterte George ihm etwas ins Ohr. Julian grinste. Dann hob er etwas in die Luft. Was war das?

Der Knallflummi!

Hardy zwinkerte kurz mit den Augen, als Zeichen, dass er verstanden hatte, und im selben Moment bekamen seine Finger etwas zu fassen. Er schloss die Hand und sah Julian an, der ihm kurz zunickte. Hardy holte einmal tief Luft, dann gab er einen markerschütternden Schrei von sich und tat so, als stecke er mit der Hand in dem Loch fest.

Augenblicklich stand Rookey, Max und Fil das Entsetzen ins Gesicht geschrieben. Ihr Weicheier, dachte Hardy, als er beobachtete, wie sie erschüttert an die hintere Wand zurückwichen. Der Knallflummi platschte, von ihnen unbemerkt, auf den Boden und füllte die Höhle augenblicklich mit dichtem grauweißem Nebel.

Doch da war Hardy schon Richtung Ausgang geeilt und stürmte nun – begleitet vom Keuchen und Husten der Männer – zusammen mit seinen Freunden die Treppe hinauf. Nichts wie weg!

»Alles klar mit deiner Hand?«, fragte Anne besorgt, als sie sich in sicherer Entfernung wussten.

Hardy verzog gespielt schmerzvoll seine Miene und hielt ihr die Faust vor die Nase. »Hm, ja, aber irgendwas hab ich da …«

Dann öffnete er die Hand. In ihr lag ein riesiger Edelstein: das Grüne Auge!

»Wow!« Da staunten die anderen ehrfurchtsvoll. »Wahnsinn! Das ist der Hammer!«

»Hey, Leute«, meldete sich Julian zu Wort. »Grünes Auge hin oder her, wir sollten zusehen, dass wir hier wegkommen. Der Nebel wird sich verziehen.«

»Und passt auf, dass ihr nicht ausrutscht!«, rief Anne und lachte. Plötzlich war ihr leicht ums Herz.

Schon hallten die Schritte der Männer durch die Höhle.

»Jetzt aber los!«, zischte Julian und setzte sich an die Spitze. Der Weg durch das Höhlenlabyrinth war jetzt gut zu finden. Sie wussten ja nun auch, dass ihnen auf diesem Weg keine Gefahren mehr drohten. Bald war der Ausgang erreicht. Das Steintor stand noch immer offen und die Sommersonne warf ihr grelles Licht herein.

Für einen kurzen Moment blieben sie am Eingang stehen. Ihre Augen mussten sich erst wieder an das Tageslicht gewöhnen.

Vor ihnen lag unwegsames Gelände, dichtes Brombeergestrüpp, kniehoher Farn und armdicke Baumwurzeln, die aus der Erde ragten.

»Es macht wenig Sinn, wenn wir am Fahrweg entlanglaufen, da haben die uns in null Komma nichts eingeholt mit ihrem blöden Kübelwagen«, sagte George und zeigte eine Anhöhe hinauf. »Wir versuchen's da lang!«

Nur nicht zurückgucken, dachte Anne, als sie hinter sich den Motor des Kübelwagens aufheulen hörte und vor sich den holprigen Pfad sah. Immer nach vorn schauen! Ein lautes Knirschen vom Getriebe krächzte durch die Luft und machte ihr eine Gänsehaut. Die lauten, schimpfenden Stimmen der Männer übertönten sogar das Motorengeräusch. Dennoch drehte Anne sich nicht um, sondern konzentrierte sich auf ihre Schritte, die sie immer weiter bergauf führten. Immer wieder ratschten stachelige Zweige wie Fangarme an ihren Hosenbeinen entlang.

»Autsch!«, schrie Dick auf, als sich ihm ein Stachel in die Haut bohrte.

Danach ging es steil bergab und der Kies rutschte gefährlich unter ihren Füßen. Julian wäre beinahe nach hinten weggeglitten. Er konnte sich gerade noch fangen, doch seine Hand machte schmerzhaft Bekanntschaft mit dem steinigen Untergrund. Aber er wischte sich nur die kleinen Steinchen von der Hand und rannte weiter.

»Au verdammt!« George blieb abrupt stehen. Sie befanden sich jetzt ein gutes Stück unterhalb des Gaffensteinfelsens, wo der Pfad den Fahrweg kreuzte. Das Motorengeräusch war plötzlich ganz nah zu hören. Und da kam auch schon der Kübelwagen um die Ecke geschlingert.

George hob den Arm und ruderte wild nach vorn. »Weiter, Weiter!«, brüllte sie.

Die Freunde sprinteten über den Weg und weiter den Berg hinab. Das Brombeergestrüpp biss unablässig zu und die Lungen stachen, aber darauf konnten sie jetzt keine Rücksicht nehmen. Hardy hielt das Grüne Auge fest umklammert, sodass es fast schmerzte.

Aus dem Augenwinkel beobachtete Julian noch, wie Fil, der am Steuer saß, beinahe die Kontrolle über das Auto verlor und von Rookey angeschrien wurde. Wieder heulte der Motor auf.

Dann verschluckte der Wald die Freunde.

Sie rannten und rannten, und immerzu dröhnte der Motor des Kübelwagens in ihren Ohren, mal war er weiter weg, mal schien er bedrohlich nahe.

Rookey reckte die Faust in die Höhe, als der Weg ein Stück weit parallel zu dem Trampelpfad verlief, der jetzt wieder aus dem Wald herausführte. »Bleibt stehen!«, brüllte er gegen den Fahrtwind. Sein Gesicht war rot vor Zorn. »Ihr habt doch eh keine Chance.«

»Und ob wir die haben«, rief George den anderen zu und winkte. »Los, hier entlang, wir schlagen einen Haken!«

Das laute Quietschen kam von der Vollbremsung, die der Kübelwagen hinlegen musste. Eine riesige Staubwolke erhob sich in den Himmel, und wieder war das Fluchen der Männer zu hören, die sich gegenseitig die Schuld für ihr Versagen in die Schuhe schoben. Sie mussten wenden.

»Au Backe!«, rief Anne plötzlich. Vor ihnen tat sich ein steiler Abhang auf.

Kapitel 10

Anne wurde es fast schwindelig. Da unten warteten kleine Büsche, Felsen und Gestrüpp auf sie.

George fasste sie fest an der Hand. »Das schaffen wir, Anne, das schaffen wir.«

»Niemals«, flüsterte Anne.

»Doch«, entgegnete George entschieden. »Außerdem hast du keine andere Wahl, es sei denn, du willst alleine hier zurückbleiben.«

Die Freunde standen mit dem Rücken zum Abhang und dicht beieinander, als der Kübelwagen mit einer Vollbremsung wenige Meter vor ihnen zum Stehen kam. Als der aufgewühlte Staub sich gelegt hatte, kletterte Rookey in cooler Cowboymanier aus dem Fahrzeug und nahm sich lässig die verstaubte Sonnenbrille ab. »Schön, dass ihr's mal einseht, Kinder. Dann mal her mit dem Stein.«

Jetzt kamen Rookey und seine beiden Kumpane drohend auf die Freunde zu.

Doch Hardy ließ sich nicht beeindrucken. »Träum weiter!«, blaffte er Rookey frech entgegen.

Das war das Stichwort. Mit einem lauten Schrei machten die Freunde sich Mut und sprangen dann gemeinsam in die Tiefe.

Ihre Versuche, sich dabei am Abhang abzurollen, gelangen mehr oder minder gut.

Hardy hielt den Stein noch immer fest umklammert. Nur nicht loslassen, mahnte er sich selbst. Seine geschlossene Faust schlug mehrmals schmerzhaft auf den Boden auf, aber als er endlich neben den anderen, die ebenfalls den Abhang heruntergepurzelt kamen, eine abenteuerliche Bremsung vollziehen konnte, lag das Grüne Auge noch sicher in seiner Hand.

Wie er versuchten auch die anderen, ob der unsanften Landung ein Jammern zu unterdrücken, und rangen sich ein Lächeln ab. Immerhin war ihnen gemeinsam die Flucht gelungen.

»Alle Nasen und Ohren noch dran?«, erkundigte sich Julian, der sich schon wieder aufgerappelt hatte und sich den Dreck von der Hose zu klopfen versuchte.

»Ich glaube ja«, stöhnte Anne. »Aua.«

»Ay, Ay, Käpt'n«, antwortete Dick. Er versuchte aufzustehen. »Mir ist nur ein bisschen …« Als wären seine Beine plötzlich zu Gummi geworden, sank er wieder zu Boden. »… schwindelig …«

George verdrehte die Augen, denn schon war wieder der Kübelwagen zu hören, der den Berg heruntergebrettert kam. »Oh Mann, diese Typen sind wirklich die Pest!«

Julian half Dick auf die Beine. »Geht's denn?« Dick nickte schwach und hielt sich lieber an seinem Bruder fest, als sie sich weiter auf den Weg machten.

Timmy lief als Letzter, so konnte er besser kontrollieren, dass seine Herde zusammenblieb.

»Da, es ist nicht mehr weit!«, rief George plötzlich erleichtert.

»Was ist nicht mehr weit?«, keuchte Anne. Mittlerweile tat ihr alles weh.

»Siehst du nicht?« George zeigte geradeaus, wo jetzt etwas rot durch die Bäume schimmerte. Das große Zirkuszelt! Und dann kam auch schon die Fahne mit dem Zeichen der Sonne zum Vorschein.

Noch einmal nahmen sie alle Kräfte zusammen und rannten über das Zirkusgelände auf das große Zelt zu.

»Da lang, durch den Artisteneingang!«, kommandierte George, als auch schon das wohlbekannte Motorengeräusch über das Gelände dröhnte und der Kübelwagen über die unebene Zufahrt holperte.

»Los, rein da, rein da!«, brüllte Hardy. Der Kübelwagen steuerte direkt auf das Zelt zu.

Im Hineinrennen warf Julian noch ein paar Kisten um, die dort gestapelt standen, und hoffte, dass dabei nicht allzu viel Zirkus-Equipment kaputtging.

»Ach, du lieber Himmel!«, rief Anne, als sie in das Zirkuszelt gestürmt kamen. Die Vorstellung war bereits in vollem Gange und die Ränge waren bis auf den letzten Platz gefüllt.

Gerade kündigte der Zirkusdirektor den fliegenden Peppino an und deutete auf die bereitstehende, bunt geschmückte Kanone, hinter der Salvatore stand, ein weiterer Clown, der, begleitet von Trommelwirbel, eine Fackel langsam in Richtung Lunte bewegte.

Peppino reckte seinen Kopf aus der Kanone und blickte Beifall heischend ins Publikum, das ihm umgehend mit tosendem Applaus und erwartungsvollem Lachen antwortete. Würde er es tatsächlich schaffen und in der altmodischen, mit Schaum gefüllten Badewanne landen?

Die Freunde machten eine Vollbremsung, um nicht mitten in die Vorstellung zu platzen, da hörten sie auch schon das laute Krachen.

Sie fuhren herum und sahen gerade noch, wie Rookey, der jetzt am Steuer des Kübelwagens saß, die Kontrolle über das Fahrzeug verlor und mitten in die Kisten bretterte.

Der Wagen kam so abrupt zum Stehen, dass Max und Fil aus ihren Sitzen geschleudert wurden und quer durch die Manege flogen. Sie landeten einigermaßen sanft in einer Reihe Strohballen, die als Abgrenzung zur Tribüne dienten.

Tosender Applaus brandete auf! Niemanden kümmerte es, dass diese beiden Gestalten nicht aus der Kanone geschossen kamen, sondern von irgendwo anders her, die Zuschauer hielten es für einen Teil der Show und klatschten euphorisch in die Hände.

Und insofern konnte man sogar behaupten, dass es zumindest für Fil ein glücklicher Moment war. Endlich bekam er in der Manege seinen Applaus! Selbstbewusst rappelte er sich aus dem Stroh auf und wollte sich theatralisch verbeugen, stolperte dabei aber erst einmal gehörig über die Füße seines Bruders. Das Publikum johlte vor Vergnügen. Das gefiel Fil. Kaum dass auch Max aufgestanden war, schubste er ihn zurück ins Stroh. Die Lacher waren ganz auf seiner Seite. »Und ich bin doch ein Clown!«, fauchte er Max zu und grinste zufrieden. Dann zog er seine rote Nase aus der Tasche und steckte sie sich ins Gesicht.

Dick hob beide Daumen und streckte sie ihm entgegen.

Der Zirkusdirektor stand die ganze Zeit dabei und verstand überhaupt nicht, was hier vor sich ging. »Aber wie … aber was …«, stotterte er vollkommen verwirrt.

Julian wies mit ausgestrecktem Arm auf Max und Fil. »Das sind Verbrecher! Rufen Sie die Polizei! Schnell!«

Der Direktor blickte von den Kindern zu den Männern und wieder zurück. »Was sagt ihr da?«, fragte er ungläubig.

Der Direktor schien sie nicht zu verstehen. Er fand das ganze Spektakel einfach nur ärgerlich und verwirrend.

»Aber Sie müssen uns glauben!«, beharrte Hardy, der neben George stand und immer noch außer Atem war. »Das sind Verbrecher!«

Julian, Dick und Anne hatten sich inzwischen zusammen mit Timmy vor Max und Fil postiert und hielten sie in Schach. Timmy gab sein bösestes Knurren zum Besten und fletschte die Zähne.

Plötzlich stand Rookey da. Wie aus dem Nichts war er aufgetaucht und packte Hardy beim Kragen. »Her mit dem Stein!«, knurrte er zornig und hielt ihm ein Messer an die Kehle.

Doch Hardy warf das Grüne Auge geistesgegenwärtig George zu, die den Edelstein geschickt auffing. Sie griff nach einem Seil, löste es aus seiner Verankerung und ließ sich daran wie von einem Flaschenaufzug in die Höhe ziehen – weg aus Rookeys Reichweite.

»Aber …« Der Zirkusdirektor rang die Hände. Mehr fiel ihm nicht ein. Was um Himmels willen ging hier bloß vor sich?

Gebannt starrte Hardy George nach, die sich immer weiter einem Hochseil näherte, das unter der Kuppel des Zirkuszeltes gespannt war.

Inzwischen hatte sich auch Rookey aufgemacht und kletterte wie ein wild gewordener Terrier George auf der Leiter hinterher. Es sah nicht halb so geschickt und elegant aus wie bei George. »Gib auf, du hast keine Chance!«, rief er George hinterher, doch seine Worte gingen in dem rhythmischen Geklatsche unter, das nun eingesetzt hatte. Die Zuschauer feuerten George an, die nun die linke Plattform des Hochseils erreicht hatte.

Nicht nur Hardy hielt die Luft an. Dem gesamten Publikum stockte der Atem. Ein Knistern hing in der Luft. Rookey war jetzt dicht hinter George. Was würde nun geschehen?

George blieb keine Zeit zu überlegen. Sie schnappte sich eine der Stangen, mit der Hochseilartisten ihr Gleichgewicht hielten, und setzte ihren Fuß in dem Moment auf das straff gespannte Drahtseil, als Rookey die oberste Sprosse der Leiter erreicht hatte.

Bloß nicht runterschauen! Bloß nicht runterschauen!, sagte sie gebetsmühlenartig zu sich selbst und behielt die gegenüberliegende Plattform fest im Blick.

Doch der stürmische Applaus des Publikums und die Anfeuerungsrufe ihrer Freunde trugen George förmlich hinüber! Selbst Fil schrie vor Begeisterung laut auf, als sie die andere Seite endlich sicher erreicht hatte und behände auf die Plattform kletterte. Von unten strahlten ihr die Gesichter ihrer Freunde entgegen, die euphorisch in die Hände klatschten.

Aber George sah auch noch etwas anderes. Hier gab es keine Leiter und kein Hilfsseil, das sie wieder sicher herunterbringen würde. Und hinter ihr hatte sich inzwischen auch Rookey todesmutig auf das Seil gewagt. Sie saß in der Falle! Panik machte sich in ihr breit.

Doch Julian erfasste die Situation mit einem Blick. Er schnappte sich eine Keule, die noch von den Jongleuren übrig geblieben war, wickelte ein Seil darum und warf es George hinauf auf das Podest. Schnell befestigte sie es an einem Drahtseil, das zur Zirkuskuppel gehörte, und schnappte sich eine der Verankerungsketten.

Noch einmal fühlte George nach dem Grünen Auge. Es befand sich weiterhin sicher in ihrer Hosentasche. Sie warf Rookey einen letzten schnellen Blick zu.

Mit offenen Mündern beobachteten die Zuschauer das Geschehen. George zählte die Schritte. Rookey kam nun gefährlich nahe. Jetzt galt es, den richtigen Moment zu erwischen.

George nahm allen Mut zusammen, griff nach der Kette und glitt schließlich begleitet von einem lauten Schrei in die Tiefe! Sicher landete sie in den weichen Sägespänen der Manege und wurde von ihren Freunden in Empfang genommen, die ihr voller Begeisterung auf die Schulter klopften.

Der Schrei, der gerade noch durch das Zirkuszelt gehallt war, kam aber von jemand anderem. George blickte nach oben und sah über sich Rookey kopfüber am Seil baumeln und verzweifelt nach Hilfe rufen.

»Los, die Wanne«, rief Julian, und die Freunde brachten die Badewanne gerade in dem Moment unter Rookey in Position, als diesen die Kräfte verließen. Mit einem lauten Platschen fiel er mitten hinein in den weißen Schaum.

Jetzt hielt die Zuschauer nichts mehr auf ihren Sitzen. Alle sprangen auf und spendeten unter lauten Jubelrufen tosenden Applaus.

Auch Fil klatschte in die Hände und freute sich. Dabei hatte Peppino ihn jedoch fest im Griff.

Solch ein begeistertes Publikum hatte der Direktor selten unter seiner Zirkuskuppel erlebt! »Das war es für heute, verehrtes Publikum!«, rief er in den nicht enden wollenden Applaus hinein, während ihm der Schweiß von der Stirn rann. »Bitte beehren Sie uns recht bald wieder!«

Dann machte er eine tiefe Verbeugung. Die Freunde taten es ihm nach, während Timmy Männchen machte, was erneute Begeisterungsstürme auslöste.

Fil, Max und der klitschnasse Rookey wurden dagegen unauffällig von den Zirkusclowns nach draußen geführt.

Einige Zeit später saßen die Freunde mit Hardy draußen vor dem Zirkuszelt auf ein paar Strohballen. Sie warteten auf Agent Turner, den sie schon von einem früheren Abenteuer kannten und der mit seinen Leuten von der Polizei gekommen war, um die Bande zu verhaften, jetzt aber noch vollauf damit beschäftigt war, den Einsatz zu koordinieren.

Dick sah zu Fil hinüber, der bereits in Handschellen dastand. »Eine tragikomische Figur, so nennt man das, was er ist.«

Hardy zog die Mundwinkel nach unten. »Eigentlich kann der einem echt leidtun. Er scheint das Pech aber auch wirklich gepachtet zu haben.«

»Dabei will er doch einfach nur ein guter Clown sein und die Leute zum Lachen bringen«, sagte Dick mitleidig und berichtete von den kleinen, albernen Kunststücken, die Fil ihm dargeboten hatte. »Er hat halt das Pech, dass er voll unter dem Pantoffel seines Bruders steht, diesem Möchtegern-Mafioso.«

Hardy nickte. »Ja, er greift wirklich ein ums andere Mal ins Klo. Ihr hättet ihn sehen müssen, als die drei mit mir in diesem dusseligen Kübelwagen losgefahren sind. Fil setzte sich ans Steuer und krachte natürlich erst mal rückwärts gegen so 'nen Sockel aus Stein. Ihr könnt euch ja vorstellen, was der von Rookey und Max zu hören gekriegt hat. Und dann hat er vor lauter Aufregung den Gang nicht reingekriegt.«

Die Freunde beobachteten, wie Agent Turner den Einsatzbeamten Anweisungen gab, die jetzt dabei waren, die Artisten zu befragen.

»Tja, und als wir in der Gaffensteinhöhle waren, hatte natürlich er das Pech, in diese Seilfalle zu geraten«, fuhr Hardy fort.

Dick seufzte. »Das hab ich mir schon gedacht, dass er der Pechvogel war.« An den Gesichtern der Freunde konnte man ablesen, dass sie sich gerade vorstellten, wie Fil kopfüber von der Decke der Höhle baumelte.

Hardy warf die Arme nach oben. »Schwupp, und weg war er und hing wie ein Jammerlappen am Seil. Irgendwie tat er mir leid, aber andersherum war das für mich eine gute Gelegenheit, unbemerkt eins meiner Bonbons auf den Boden fallen zu lassen, weil die Kollegen abgelenkt waren.«

George verzog die Miene, als hätte sie in eine Zitrone gebissen. »Bäh, Pfefferminz.« Die anderen lachten.

Endlich kam Agent Turner zu ihnen. In seinem legeren Anzug hob er sich von den Einsatzkräften mit ihren strengen Uniformen deutlich ab. Er hob lässig die Hand zum Gruß und kaute auf einem Zahnstocher.

Über seine Schulter hinweg konnten die Freunde beobachten, wie Max, Fil und Rookey in Handschellen in den Polizeibus geschoben wurden.

»Da habt ihr ja wieder ganze Arbeit geleistet, Kinder«, lobte der Agent, ohne den Zahnstocher aus dem Mund zu nehmen, und streichelte Timmy über den Kopf. »Wir dachten, Rookey Burns sei schon über alle Berge und wir finden ihn nie!«

George war aufgestanden und stemmte sich nun die Fäuste in die Seite. »Tja, da haben die Verbrecher aber die Rechnung ohne die Fünf Freunde gemacht!«

»Hey!« Hardy sprang auf und protestierte. »Sechs Freunde!«

Julian knuffte ihm lachend in die Seite. »Fünf Freunde …«

George streckte ihm grinsend die Zunge raus. »… und eine Nervensäge.«

Eine Weile kicherten sie albern vor sich hin und sogar Agent Turner stimmte mit ein.

Dann wurde Hardy ernst und holte das Grüne Auge

aus seiner Hosentasche. Er hielt dem Agenten den Edelstein auf der flachen Hand hin. »Können Sie dafür sorgen, dass das Grüne Auge wieder zu den Mathilenen zurückkehrt? Nur da gehört es hin.«

Der Agent betrachtete das Grüne Auge ehrfürchtig und nahm es dann behutsam von Hardys Hand, als sei es ein rohes Ei. »Ich kümmere mich darum. Versprochen.«

Hardy lud die Freunde ein, ihn zur Villa der Kents zu begleiten. Nachdem sie solch ein Abenteuer gemeinsam erlebt hatten, mochten sie nicht so einfach auseinandergehen.

Auf der Sonnenterrasse hatten sie bei einer Limo noch einmal die Geschehnisse Revue passieren lassen, und nun, da alles glimpflich ausgegangen war, konnten sie über all das auch lachen.

Doch jetzt war die Zeit für den Abschied gekommen. Hardy war mit hinausgekommen in die Einfahrt, wo die Räder der Freunde voll bepackt mit den Campingsachen standen.

George ging in die Hocke und hielt den anderen ihre Hand hin. Einer nach dem anderen legte die seine darauf und Timmy die Pfote. Ganz zum Schluss kam Hardy, an dessen kleinem Finger der Siegelring der Kents prangte.

Er ist ein guter Nachfolger für seinen mutigen Vorfahren, dachte Anne, als sie den Ring in der Sonne blitzen sah.

Dann lösten sie den Händeturm auf, und Hardy stellte traurig fest: »Tja, das war's dann wohl.« Er vergrub die Hände tief in den Taschen seiner Hose und sah auf seine Fußspitzen hinab. Verlegen kickte er ein Steinchen über den Weg. »Dann macht's mal gut.«

Roby kam angedackelt und wedelte mechanisch mit dem Schwanz.

Hardy rang sich ein Lächeln ab. »Roby, ich hab ja immer noch dich.« Daraufhin drehte der Roboterhund sich leise ratternd um sich selbst.

»Und mich«, sagte da plötzlich jemand in das Rattern hinein.

Erschrocken fuhr Hardy herum. Im Gegensatz zu Julian, Dick, Anne und George hatte er gar nicht mitgekriegt, dass jemand gekommen war. »Papa? Papa!«

Die anderen beobachteten lächelnd, wie Hardy seinem Vater um den Hals fiel und dieser seinen Sohn drückte, als wollte er ihn nie wieder loslassen. Sie traten einen Schritt beiseite, damit sich die beiden in Ruhe begrüßen konnten.

Schließlich lösten sie sich aus ihrer Umarmung. Hardys Vater hielt seinen Sohn eine Armlänge von sich und betrachtete ihn stolz.

»Was machst du hier?«, fragte Hardy sichtlich erstaunt. »Ich meine, ich dachte, du ...«

Aber Hardys Vater schien die Frage nicht zu interessieren. Für ihn war etwas anderes wichtig. »Geht es dir gut?«, fragte er seinen Sohn.

Hardy nickte, woraufhin sein Vater ihn erleichtert wieder in die Arme schloss. Die beiden hatten offensichtlich einiges nachzuholen.

»Mein Junge, das ist alles nur passiert, weil ich immer weg bin«, sagte Hardys Vater in die Halsbeuge seines Sohnes.

Hardy war weit davon entfernt, seinem Vater Vorwürfe zu machen. »Du musst halt immer viel arbeiten.«

Sein Vater hob den Kopf und hielt seinen Sohn erneut an beiden Schultern und sah ihm ernst ins Gesicht. »Schluss mit den Geschäftsreisen. Ab jetzt arbeite ich von zu Hause aus«, verkündete er feierlich.

»Wie?« Hardy mochte kaum glauben, was er da soeben gehört hatte.

Hardys Vater strich seinem Jungen über den Kopf. »Ja, ich habe dich viel zu lang allein gelassen.«

Hardy strahlte glücklich über das ganze Gesicht. Kurz schaute er zu den Freunden hinüber, die ihm den gehobenen Daumen entgegenstreckten, woraufhin sich Vater und Sohn, begleitet von Timmys aufgeregtem Bellen, ein drittes Mal umarmten.

»Hey, heulst du etwa?« George stieß Dick, der gerade etwas verschämt die Hand zum Auge bewegt hatte, den Ellenbogen in die Seite.

Aber Dick wollte davon nichts wissen. »Quatsch«, antwortete er empört. »Ich hatte nur was im Auge.«

Julian legte seinem Bruder den Arm um die Schultern. »Also, wenn du mich fragst, ich bin zu Tränen gerührt.«

Aber Hardys Vater hatte noch eine Überraschung für die Freunde. Er warf einen schnellen Blick auf seine Armbanduhr. »So, jetzt müssen wir aber los, unser Flieger wartet.«

Was hatte das jetzt zu bedeuten? Ihr Flieger? Die Geschwister sahen sich fragend an und zuckten die Schultern. Auch George hatte keine Ahnung, worum es ging. Sie wollten doch jetzt eigentlich mit den Fahrrädern nach Hause fahren.

Doch die Erklärung folgte auf dem Fuße. »Ich habe mit Agent Turner gesprochen«, sagte Hardys Vater. »Das Grüne Auge übergebt ihr selbstverständlich persönlich. Wär ja noch schöner.«

»Hä?« George trat einen Schritt vor und zog die Augenbrauen hoch.

Hardys Vater lachte. »Ja, ihr habt schon richtig gehört! Mit euren Eltern ist bereits alles geklärt. Also, kommt!«

Lachend und jubelnd stürmten sie los.

In der Einfahrt drehte Roby sich ratternd im Kreis.

Nachwort

Um den Tempel war es still geworden. So lange Zeit hatte man auf das Grüne Auge verzichten müssen, doch zumindest war die Gebetsstätte der Mathilenen nun über die Jahrhunderte von Räubern und Plünderern mehr oder weniger verschont geblieben. Dennoch war es für sie eine glücklose Zeit gewesen.

Der Berghang glühte goldorange im Abendlicht und ein Greifvogelpaar kreiste friedlich im Schein der untergehenden Sonne.

Ehrfürchtig verbeugte sich der Tempelhüter vor der großen Skulptur, in deren Händen nun wieder das Grüne Auge glänzte.

»Endlich ist es zurück«, murmelte der Mann mit der Kutte. »Mögen nun wieder Frieden und Glück bei uns einkehren.«

Dann drehte sich der Mann um, sodass er die Freunde ansehen konnte, und schob sich die Kapuze aus der

Stirn. »Ihr habt das Versprechen der Schwarzen Katze eingelöst. Das werden wir euch nie vergessen.«

Hardy, der ein Stückchen vor den anderen stand, erwiderte: »Das haben wir gern gemacht.«

Julian, Dick, Anne und George nickten. Dies war ein feierlicher Moment, und sie mussten zugeben, dass sie mächtig stolz waren. Endlich war der grüne Stein wieder an den Ort zurückgekehrt, an den er gehörte. Sie hatten den Mathilenen den größten Dienst erwiesen, den man ihnen erweisen konnte.

Dick stupste George mit dem Ellenbogen leicht an. »Waren doch tolle Ferien, oder?«

George grinste verschmitzt. Ja, die Ferien waren ganz nach ihrem Geschmack verlaufen. »Ich würde sogar sagen: mega!«

Alle waren erleichtert und fröhlich und lachten unbeschwert durcheinander. Sogar der Tempelhüter ließ sich zu einem glücklichen Lächeln hinreißen.

»Und nun … Darf ich bitten?« Hardys Vater hatte die Kamera gezückt und dirigierte die kleine Gruppe zur Skulptur, um die herum sie sich postierten. Timmy setzte sich davor und bellte.

»Jetzt bitte alle lächeln!«

Das fiel ihnen nicht schwer. Dann erhellte das Blitzlicht den heiligen Raum.

Enid Blyton

Fünf Freunde – Das Buch zum dritten Film

Band 3, 160 Seiten
ISBN 978-3-570-15797-8

In einem alten Schiffswrack finden die Fünf Freunde einen Hinweis auf einen sagenumwobenen Piratenschatz. Zusammen mit dem Fischermädchen Joe begeben sie sich auf die gefährliche Suche. Viel zu spät bemerken sie, dass sich ein Gangsterpärchen an ihre Fersen geheftet hat. Gerade noch rechtzeitig gelingt es ihnen, sie abzuhängen – da verletzt sich Julian schwer ...
Die spannende Geschichte basiert auf dem Drehbuch zum gleichnamigen Kinofilm und wird mit den schönsten Szenenfotos der Verfilmung ergänzt.

10274

cbj

www.cbj-verlag.de

Enid Blyton

Fünf Freunde 4 – Das Buch zum Film

160 Seiten, ISBN 978-3-570-17121-9

Nach einem sensationellen Fund auf der Pharaonen-Ausstellung werden die Fünf Freunde nach Ägypten eingeladen. Doch dann wird Onkel Bernhard verhaftet! Die Fünf Freunde kommen einer Geheimloge auf die Spur, die mithilfe eines antiken Amuletts die sagenhafte Pyramide des ersten Pharaos finden will. Verkleidet nehmen die Freunde an einem Ritual der Loge teil, aber ihre Tarnung fliegt auf. Können sie sich aus dieser gefährlichen Lage retten und Onkel Bernhards Unschuld beweisen? Die spannende Geschichte basiert auf dem Drehbuch zum gleichnamigen Kinofilm und wird mit den schönsten Szenenfotos der Verfilmung ergänzt.

10314

www.cbj-verlag.de

Enid Blyton

Fünf Freunde

Fünf Freunde reloaded –
Spannende Abenteuer für Kinder von heute!

Die Fünf Freunde – das sind Julian, Dick, Anne und George (die eigentlich Georgina heißt) sowie Timmy, der Hund. Sie schlittern von einem Abenteuer ins nächste – wo sie sind, ist einfach immer was los! Mit Köpfchen, Tricks und Tims Superspürnase lösen sie selbst den kniffligsten Fall.

Fünf Freunde erforschen die Schatzinsel
Band 1, 160 Seiten, ISBN 978-3-570-17109-7

Fünf Freunde auf neuen Abenteuern
Band 2, 160 Seiten, ISBN 978-3-570-17110-3

Fünf Freunde auf geheimnisvollen Spuren
Band 3, 160 Seiten, ISBN 978-3-570-17111-0

Fünf Freunde auf Schmugglerjagd
Band 4, 160 Seiten, ISBN 978-3-570-17112-7

Fünf Freunde bein Wanderzirkus
Band 5, 160 Seiten, ISBN 978-3-570-17136-3

10299

cbj

www.cbj-verlag.de